사랑하는 사람아

볼 때마다 좋은 사람 ❶

사랑하는 사람아

김영숙 산문집

詩와에세이

책을 펴내며

연기군은 낯선 곳이었다. 소위 혈연, 지연, 학연이 전혀 없는 곳이다. 짧지 않은 33년 교직에 있을 때도 이곳에서는 근무한 적이 없었다. 그래서 남편이 교육감 선거에 출마하리라 결심하고 찾아온 이곳에서 만나는 한 분 한 분이 모두 참 귀했다. 더구나 전혀 기대하지 않은 분이 이곳에 살고 계신 걸 알았을 때 정말 기쁘고 반가웠다.

남편이 통일 운동하느라 서울을 오갈 때 '자주평화통일 민족회의'에서 의장으로 모시고 함께 일한 효림 스님을 남편은 존경하는 동지 어른이라고 말했다. 경기도 성남에서 이해학 목사님과 함께 시민운동을 하셨고, 민주화운동과 불교개혁 운동에도 적극 참여한 스님이 이곳에 와 계신 것을 전혀 몰랐기에 반가움은 훨씬 컸다.

스님은 전동면 청람리 동막골 깊은 곳 경원사에 내려와 계시다가 우리를 맞아주셨다. 어쩌면 우리를 맞이하려고 이곳에 먼저 와 계신 것이 아니었나 싶다.

스님은 조용한 듯 그러나 흔들림 없이 이 일 저 일 하시면서 가르침을 주셨는데, 그중에 매년 봄, '붓글씨 나눔'을 하셨다. 전시장 벽에 주욱 붙여 놓은 작품은 누구든지 마음에 닿아 첫 번째 찜한 사람이 가져갔다. 글이 좋아, 글씨가 좋아, 스님이 좋아 매번 성황을 이루었다.

"이번 효림 스님 붓글씨 나눔하실 때, '볼 때마다 좋은 사람' 상을 주시고 상금도 주신대요. 첫 번째 수상자를 선생님으로 선정하셨어요. 그날 꼭 나오세요."

허리를 다쳐 꼼짝 못하고 누워 뒹굴거리고 있던 어느 날 수상 소식을 들었다. '볼 때마다 좋은 사람?' 바깥에도 못 나가고 사람들도 못 만나서 조금은 우울하던 차에 상 이름이 신선하고 좋아서 가볍게 생각하고 그런다고 대답했다.

'스님 참 엉뚱하시네. 노래를 잘해서도 아니고, 글을 잘 써서도

아니고, 봉사를 많이 해서도 아니고, 볼 때마다 좋아서 상을 주신
다니…….'

그런데 날짜가 다가오면서 마음이 점점 무거워지고 생각이
복잡해졌다.

'이게 덥석 받는다 할 상이 아닌데 어쩌자고 그렇게 쉽게
대답을 했지? 나를 만날 때 좋은 사람도 있겠지만 싫은 사람이
더 많을 지도 모르는데. 아무리 생각해도 상 이름이 너무 큰데.
내가 받을 자격이 없는데. 너무 경솔했나 봐.'

그러나 날은 다가오고 부끄러움을 무릅쓰고 스님께서 주시는
상을 받았다.

복숭아가 맛있게 익어가는 어느 날, 스님을 찾아뵈었다.

'볼 때마다 좋은 사람' 상에 대해 이런저런 말씀을 하시다가 앞
으로도 계속 시상을 하실 텐데 그 상을 받는 사람들이 살아온 이
야기를 쓴 작은 책을 내고 싶다고 하셨다.

'이건 또 무슨…… 내가 살아온 이야기? 뭐 별난 것도 없는 이
야기를 책으로?'

머리가 하얘졌지만 어찌된 일인지 못하겠다고 말씀드리지 못했

다. 스님이 힘이 세신 모양이다. 꼼짝을 못하고 스님 하자는 대로 끌려간다. 그렇게 해서 이 책이 세상에 나오게 되었다.

　난 아직도 잘하는 일인지 판단이 서질 않는다. 나무 한 그루 제대로 심어본 일이 없는데, 세상에는 정말 훌륭한 책이 얼마나 많은데. 그래서 두렵고 부끄럽지만 나를 좋아해준 분들에게 편안히 이야기하는 마음으로 책을 낸다. 그래도 여전히 숨고 싶을 만큼 부끄러운 것은 어쩔 수 없다.

2018년 정월

김영숙

차례__

우리 가족

안나푸르나 트레킹

제2대 세종시 교육감 취임

우리 가족

제1부

내가 살던 제주도

담벼락 너머 바로 바다는 아니었다.

올레를 벗어나 동문통 언덕길을 올라 사라봉, 별도봉으로 몸을 옮겨야 비로소 바닷바람이 실감났다. 사라봉이나 별도봉에서 내려다보는 바다는 제주 앞바당 거센 파도가 만들어 놓은 검은 현무암 절벽 아래 깊이 모를 검푸른 바다였고 망망대해였다. 절벽 아래 현무암 검은 바위가 무서웠지만 한낮의 바다는 넘실거리게 눈이 부셨다. 기적소리 기선 옆으로 나뭇잎 같은 어선들이 아스라이 흔들릴 때마다 '아, 아름답다' 하며 탄성을 내뱉곤 했다. 특히 저물녘, 드넓은 바다와 끝 모를 하늘이 만들어내는 그 풍경도 장관이었다.

그리고 바람, 바람을 참 좋아했다. 바람이 많이 부는 날 별

도봉에 올라, 미친 듯이 몸부림 거센 바다를 보며 온몸으로
바람을 맞으면 그저 좋았다. 태풍이 불어온다는 기상 뉴스를
들으면 마음이 설레곤 했다. 온 세상을 휩쓸어 버릴 듯이 폭

우를 동반하고 강하게 불어대는 태풍이 주는 그 매력을 뭐라 표현할 수가 없었다. 나는 자주 바람 부는 바닷가에 서 있었다.

검은 현무암과 푸른 물결의 대조. 그 바닷가를 따라 봄이면 노란 유채꽃이 그리도 지천으로 만발하였다.

70여 년 전 4·3항쟁 원혼들의

"내 영혼 찾아내라. 내 팔다리 내놔라."

피맺힌 절규를 까마득히 모르던 유년의 기억들이니 갯바람 타고 넘실거리던 노란 벌판이 그저 황홀하기만 했다. 나는 그렇게 10여 년 전 비극을 까맣게 모른 채 순둥이 소녀로 성장하고 있었다.

국가기념일로 지정되어 매년 희생자 추념식을 봉행하고 있다

제주 4·3 북촌주민 참사의 현장

그 해방 공간의 시국

4·3항쟁의 비극을 천형처럼 지닌 제주도의 비극은 조금 커서야 알았다. 그랬다. 군경 토벌대와 서북청년단의 피비린내 난장 속에 수많은 생명들이 비명횡사했다. 그렇게 억울하게 희생당한 영혼들은 지금까지 한날한시에 지내는 제사 향불 옆에서 제자리를 찾지 못하고 어색하게 서성이며 만나고 있을 것이다. 포고령이 소개령으로 이어졌고 4개월 넘는 초토화 작전으로 군홧발 짓밟힌 자리마다 '잃어버린 마을'로 남게 되었다.

그때 제주도는 지옥이었다.

백조일손지묘

백조일손지묘는 '백 할아버지의 한 자손이 섬기는 묘'란 뜻
이다.

4·3의 광풍은 그것으로 끝나지 않았다. 1950년 6·25가
터지자 4·3 귀순자 등 양민 132명을 양곡 창고에 구금하였
다가 어느 신새벽에 아무런 사법적 절차 없이 해병대와 경찰
들이 섯알오름(송악산의 한 봉우리) 기슭에서 총살하였다.
심지어 학살 터 출입을 막아서 가족들은 시신을 수습하지 못
한 채 제대로 울지도 못하며 7년이란 세월을 보내야 했다.
그 사이 백골은 서로 엉키어 누가 누구인지 구별할 수 없었
다. 결국 조상이 각기 다른 일백서른둘 자손들은 한곳에 모
시고 백조일손지묘를 만들어 원혼들을 쉬게 해드렸다. 그러

나 이 원통한 사연을 담은 백조일손지묘 비석은 5·16쿠데타 직후 박살 나는 수난을 겪어야만 했고 1993년에 다시 새로 제작되어 자리 잡았다. 갈기갈기 흩어졌다가 땅에 묻힌 비(碑)의 조각들도 위령비 옆에 전시해 놓았다.

백조일손지묘에 우리 삼촌도 잠들어 있다. 제주 4·3평화공원 희생자 명단에도 올라 있다. 삼촌뿐만 아니라 멀고 가까운 친척들이 다수 억울한 죽음을 당하고 아직도 그 해원을 하지 못하고 있다.

그 참사는 아버지가 일본에서 백회 굽는 기술을 배우고 돌아온 직후에 터졌다. 마침 백회의 원료가 되는 구쟁이(소라) 껍데기를 찾아 가파도에 나간 사이에 학살 사태가 터진 것이다. 가파도에 있을 때 그 난리의 참변을 피할 수 있었으니 그게 '살아날 수 있는 운명'이었던 것 같다. 그 무서운 재앙 속에서도 인근 섬인 가파도나 비양도, 마라도까지는 방화와 포연의 화가 미치지 않았던 것이다.

4·3희생자 집단 묘지 세 군데 중 가장 규모가 큰 백조일손지묘(제주4·3평화재단)

유년시절

　오빠, 언니 둘 그리고 남동생, 여동생까지 6남매 중 가운데쯤에 낀 넷째였다.

　소녀 시절의 순간들은 대개 아늑하게 편안했던 화면으로 재생된다. 나는 천성이 순하고 유약했지만 엄살을 떨거나 징징 짜는 체질은 아니었다. 본디 씩씩한 구석이 전혀 없는데다가 말수까지 없었으므로 영희, 경희 언니들이 순둥이라며 나를 '순희'라고 불렀다. 뭐든지 양보하는 습성이 붙어서인지 사소한 토닥임조차 없이 형제들의 보호막 속에서 순탄하게 놀았던 것 같다.

　그 대신 자주 아팠다. 어머니 뱃속에서 여덟 달 반 만에 나온 탓이었을까. 툭하면 넘어져서 생채기가 벌겋게 올랐고 찬

바람만 쐬면 신열이 잉잉 달아
올랐다. 초등 6년과 중고등 6년
내내 단 한 번도 개근상을 받아
보지 못했다. 초등학교 입학식
때부터 가방을 들어주던 어머니
는 내가 고3 때까지 버스정류장
에 가방을 날라주었는데 나는
그게 당연한 줄만 알았으니 이
제 와 생각하면 민망한 일이다.

　유채꽃 벌판 너머로 희망을
담던 꽃띠 소녀의 추억도 아슴아슴하다. 제주도의 바다는 망
망대해답게 가없는 풍광이었고 지구가 둥글다는 생각이 그
대로 인식될 정도로 끝없이 넓었다. 바다의 끝, 수평선 끄트
머리는 바다와 하늘이 하나인 듯 똑같은 쪽빛 색깔이었다.
방학이 되면 외가가 있는 신촌엘 갔는데 바닷가에서 보말을
줍다가도

　'바다의 끝에는 누가 살고 있을까.'

　중얼중얼 떠올리며 하염없이 바라보기도 했다. 출렁이는
수평선 저쪽 끝에서도 누군가 나를 바라볼 것 같아 더욱 그
랬다.

백회 공장과 아버지

아버지가 백회 공장을 시작한 건 바다 건너 배워온 제조 기술 덕분이다. 그랬다. 일본은 신문명을 조금 빨리 배워 식민지를 찬탈하면서 재빨리 익힌 기술을 전파시켰다. 일제강점기 때 이미 부산과 제주도와 교류가 시작되기도 했다. 그 혼란 속에서도 울울청청 젊은이들은 혈혈단신 바다를 넘었고 난세가 끝나자마자 기술을 정착시켰다.

6 · 25사변 직후 공장이 가동되었다. 인부들이 공장 마당에 지게나 리어카에 소라, 조개, 전복 껍데기를 날마다 담아 날랐다. 백회 가루는 벽을 바르는 게 주 쓰임새인데 흙벽보다 세련된 재료다. 소라 껍데기를 구우면 하얗게 되는데 그 분말이 백회이다. 그걸 해초로 만든 풀에 개어서 벽에 바른

다. 전복 껍데기는 무늬가 고와서 셔츠 단추 만드는데 썼으므로 따로 골라내었다. 소라 껍데기를 구울 때 연료로 쓰는 게 석탄 조배기인데 석탄 가루를 물에 개어 동글동글하게 만들어 마당 하나 가득 말려서 썼다.

기술이 필요한 소라 껍데기 굽는 일은 아버지와 김씨 아저씨가 했고 석탄 조배기를 만드는 일은 요즘 말로 아르바이트를 썼다. 주로 동네 아주머니들이 일을 했는데 별 일자리가 없던 당시에 아주머니들이 돈을 만져볼 수 있어 인기 있는 아르바이트였다.

아버지의 기억

우리 아버지는 유교의 가르침을 매우 중시하고 실천하려 하셨다. 예, 효, 선비정신 등을 틈이 나는 대로 우리 남매에게 가르치셨다. 조선 제1의 양반이 연안이씨이고, 제2의 양반이 우리 광산김씨라면서 홍문관 대제학을 가장 많이 배출한 가문인데, 왕비를 한 분 내는 바람에 2등이 되었다면서 권력에 아첨하지 않은 선비 가문이라고 늘 말씀하셨다.

특히 제주 5현인 중에 광산김씨가 세 분이나 있다는 것을 매우 자랑스러워하셨다. 상례, 제례에 정성을 기울였으며, 일찍 아버지를 여읜 조카들을 자식처럼 돌보셨다. 매우 원칙적이고 꼬장꼬장하셨지만 속정이 깊으셨다. 어렸을 적 아버지 무릎 위에 앉으면 아버지 수염이 꺼끌꺼끌 내 머리에 닿던

아버지

느낌이 생생하다. 여름밤 마당에 누워 하늘을 보며 별자리 이야기도 하시고 또 무수히 널려 있는 별로 정삼각형 마름모 꼴 등을 만들어 보라고도 하셨다. 좀 커서 늦게 귀가하는 날이면 자식들을 기다리며 신문을 소리 내어 읽으시던 모습이 생생하다. 딸이 집에 들어온 것을 확인하시고서야 잠자리에 드셨다. 우리가 잘못하면 아버지는 우리를 앞에 앉혀놓으시고 길게 훈계를 하셨다. 매를 대시더라도 매를 대야 하는 이유를 다 설명하시고 우리의 동의를 얻으신 후 종아리를 치셨다.

아버지는 초등학교도 못 다녔지만 서당에서 한문을 익혔으므로 문맹은 아니었다. 제도교육을 받지 못했지만 정치 경제

사회 모든 분야에 관심이 많았고 늘 신문을 읽으면서 정세를 파악했다. 지인들이 모일 때가 있으면 즐겨 정세에 관해 이야기를 나눴고 당시 박정희 정권에 대해 매우 비판적이었다. 그런 아버지 밑에서 나도 모르는 사이에 세상을 배우게 되었다.

어머니가 먼저 돌아가셨는데, 어느 날 '네 어머니를 만난 게 가장 큰 복이었다'고 말씀하셨다.

어머니를 많이 사랑하셨구나, 뭉클했다. 그 시절 모든 어머니가 그랬듯 구멍 난 양말을 깁거나, 뜨개질을 하면서 그 방법을 가르쳐 주시면, 아버지는 우리가 살아갈 세상은 양말을 기워 신거나 옷을 뜨개질을 해서 입는 세상이 아니라고, 그런 것을 배울 필요는 없다 하셨다. 그러면서 80년대쯤에는 세 가지를 꼭 배우라고 하셨다. 요리, 컴퓨터, 운전. 요리는 가족의 건강을 위해 식생활이 매우 중요하다고 여기셨고 앞으로 컴퓨터가 세상을 지배할 것을 내다보셨다.

아버지는 아들과 딸에 대해 크게 차별하여 키우지는 않았다. 먹는 거 입는 거 공부하는 거 그런 것으로는 전혀 차별이 없었다. 아버지는 그때 이미 자녀를 낳아 기르는 일이 개인의 문제가 아니며 국가가 책임져야 한다고 주장했다. 또한 살림살이나 자녀교육에서 어머니가 얼마나 중요한지, 따라서 어머니가 될 딸들에 대해 교육시키는 일이 얼마나 중요한지 늘 강조했다. 그러나 아버지는 유교사상이 강했고 성씨에 대한 애착이 강했다. 결국 대를 잇고 조상께 제사를 지내는 일 등 아들의 존재를 매우 귀히 여겼음을 나중에 알았다. 퍽 과학적이고 합리적인 생각을 하는 아버지가 돌아가실 때까지

"남자는 '씨'이고 여자는 '밭'이다."

그 주장을 고수했다. '씨' 속에 무수히 많은 할머니들이 있음을 끝내 인정하지 않았다.

생업을 접으신 후에는 평생 가마와 불과 살아온 경험을 토대로 환경문제가 되는 쓰레기 소각에 공헌하고자 연구에 집중하셨다.

이미 팔순에 접어든 연세여서 모두가 말렸지만, 아버지는 폐암으로 쓰러지기 전날까지 쓰레기 완전 연소에 매달렸다. 하얀 머리를 하고 지팡이를 짚고서 제주에서 대전까지 혼자 다니시면서 특허 출원을 하고 받아내셨다.

생전 아버지께 마지막 인사를 드리면서, 아버지께 지은 죄 다 용서해 주시라고 했더니, 가쁜 숨을 쉬면서 잘못한 거 만 분의 일도 없다고, 만약에 있다면 다 용서한다고 흔쾌히 용서해주셨다.

아버지는 당신이 상주일 때는 매일 상식을 하고 초하루 보

름 삭망 차례를 지내며 삼 년 상을 치렀지만 우리는 겨우 일
년 만에 탈상을 하고 말았다. 아버지는 우리 집안에서 유교
정신을 살아낸 마지막 분이시다.

벽돌 공장

활기 띠던 백회 공장이 사양길에 접어든 건 시멘트의 등장 때문이다. 지하자원이 많지 않은 우리나라에 그나마 많이 매장되어 있는 자원이 석회석이라, 60년대부터 당시 국가산업으로 육성되기 시작한 시멘트는 가내수공업 수준의 백회로는 경쟁 상대가 될 수 없었다. 아버지는 고심 끝에 빨간 벽돌 공장으로 사업을 바꾸셨다. 당시 제주도에는 감귤 농업이 막 시작되고 있었다. 어머니는 감귤 농사를 주장했지만 농업보다는 공업에 관심이 많았던 아버지는 어머니의 의견을 받아들이지 않았다.

어머니가 친정에서 물려받은 밭에 벽돌 공장을 지었다. 제주도는 돌이 많아 벽돌을 만들기에 적합한 흙을 구하는 것도 쉽지 않았다. 좋은 흙이 나는 곳이면 어디든 찾아가 땅을 사든지 흙만 사든지 흙을 구했다. 원동기 소리가 들리면 작업 시작이다. 흙을 반죽하여 기계로 흙벽돌을 찍어내면 넓은 마당에 널어 말렸다. 벽돌이 잘 말라야 좋은 제품을 얻을 수 있다. 시간이 흘러 꾸들꾸들해지면 일일이 방향을 돌려놓았고 한밤중에라도 비가 오면 모두 뛰어나가 비닐을 덮어야 했다. 아버지는 늘 하늘을 보며 일기 변화를 살폈다. 때로는 할머니에게 비가 올지를 여쭤보곤 했는데 그때는 어른들이 하늘을 보면 알 수 있었던 모양이다.

잘 말린 흙벽돌은 가마로 옮겨 구웠다. 이때 불 조절하는 기술이 벽돌의 질을 좌우했으니 아버지는 흙벽돌을 넣을 때부터 아예 불가마 옆에 붙어살았다. 불을 지피고 빨갛게 구워지는 동안 한눈팔지 않고 불길을 조절하며 꼬박 밤을 새웠으니, 긴 세월 벽돌과 불가마에 붙어산 셈이다. 가마가 식는 동안 아버지는 기도했을까? 가마 속 벽돌이 어떤 모습으로 나올지 가마가 식는 동안도 편히 쉬지 못했으리라 생각한다. 가마가 완전히 식으면 벽돌을 꺼내 A, B, C급으로 분류하여 마당에 쌓았다. 그러나 벽돌들이 쌓여있을 새 없이 순식간에 현장으로 팔려나갔다.

아버지는 과학적, 논리적으로 생각하는 철저한 원칙주의자였다. 벽돌을 상차(차에 싣는 것)할 때는 일일이 아버지 눈 확인을 거쳐야 트럭에 실었는데 일을 빨리 끝내고 싶은 종업원들 입장에서는 곤혹스러운 일이었다.

"이 정도는 통과시킵시다. 사장님."

하지만 도리질 치며 꼼꼼하게 살핀 다음 철저하게 A급만 골라 실었다. 종업원들이 설레설레 못마땅한 표정으로 부글부글 속을 끓였지만 아버지는 끝까지 자신의 원칙을 밀고 나갔다. 아무리 벽돌 주문이 밀려 있어도 아버지의 원칙에는 변함이 없었으며 제품에 대한 신뢰를 쌓아 나갔다.

그 덕분이었을까. 우리 공장 제품이 워낙 좋다고 소문이 나면서 제주도 내 다른 공장들이 하나씩 도산하고 마침내 아버지 공장만 남게 되었다. 그렇게 해서 근방의 벽돌 수요를 통째로 감당하면서 눈코 뜰 새 없이 바쁜 나날을 보냈으니 그때가 우리 공장의 전성기였다. 주문량이 엄청 늘어나면서 나중에는 벽돌 수요를 따라잡지 못해서 공급이 딸리기 시작했다. 재래식으로 도자기 굽듯 벽돌을 구워서는 도저히 밀려오는 물량을 당해낼 수 없었다. 아버지는 새로운 터널식 가마를 설치하기로 하고 과감히 시설 투자를 했다.

하지만 은행 융자와 사채까지 끌어다 쓴 아버지의 구상은 불발되었다. 아니, 공장 전체가 완전히 도산하였다. 70년대

중동전쟁이 가져온 석유파동 한 방으로 그야말로 훅 꺼졌고 그 후 영원히 빛을 보지 못하게 되었다. 야심차게 기획했던 터널 가마는 단 한 번도 가동하지 못한 채 고물이 되어 공장 모퉁이에 방치되었다. 아버지의 꿈이 무너지면서 공장에서 함께 꿈을 꾸었던 노동자들도 뿔뿔이 흩어졌다.

벽돌 공장의 직원은 한때 30명 안팎이었는데 모두 공장 울타리 안 숙소에서 살았다. 총각은 물론 아내와 아이들과 함께 가정을 가진 아저씨들도 있어서 50여 명이 넘는 식구들이 시끌벅적 살았다. 남자들은 힘쓰고 기계를 다루는 일에, 아낙네들은 잡일에 다 같이 일했다. 월급날이면 돼지를 잡아 잔치를 벌이기도 했다.

사실 직원들은 대부분 전라도 섬마을이나 농촌에서 밀리고 밀려서 제주도까지 온 사람들이라서 하루살이처럼 살아가는 운명이었다. 아버지는 종업원들이 월급을 타고 일주일도 되지 않아 가불을 해가는, 계획적이지 못하고 희망이 없는 생활을 하는 모습이 안타까워서 월급의 일정액을 반드시 적금을 들도록 했다.

"적금을 반드시 들어야 하고 그게 싫으면 공장에서 나가도 좋소."

쐐기를 박고 그들의 통장을 관리했다. 투덜거리던 종업원

들도 나중에는

"사장님 말씀이 한마디도 틀린 게 없더라."

하며 잘 따랐고 적금을 타면 무엇을 할지 계획을 세우기도 했다. 그렇게 존경받는 아버지가 자랑스러웠고 나는 유년시절부터 집안에 대해 자부심을 가지고 살았다.

아버지는 일본인 진보사회에서 공동체 생활을 공부한 경험이 있었다. 월급을 일단 후하게 책정했으며 예상보다 수입이 남으면 상여금을 주었다. 반대로 일을 못해 받을 급료가 적은 직원들에게는 기본급을 채워주었다. 서로 나누는 삶을 실천한 것이다.

뿐만 아니라 당시 제주도 내의 소규모 공장으로선 최초로 퇴직금 제도를 도입한 것이다. 종업원과 회사가 각각 50퍼센트씩 적립하여 퇴직금을 마련했으며 일정 기간 이상 근무하면 공장 지분을 나눠 주기로 했다. 언젠가는 이 공장의 주인이 된다는 꿈을 가지고 열심히 일하던 아저씨 아주머니들은 공장이 도산한 후 무너진 꿈을 어떻게 이겨나갔을까?

더 원칙주의자였던 어머니

　신성여중 다닐 때까지는 경제적으로 무난했으나 신성여고 입학 후 집안이 어려워졌다. 아버지가 시설투자하며 은행 대출이며 사채를 끌어 들였는데 석유파동이 터진 것이다. 불경기가 닥쳐 커다란 건설회사가 도산하는 마당에 우리 공장 정도가 흔들리는 건 아주 당연했다.

　이스라엘과 아랍권의 분쟁, 서방 세력이 처음에는 이스라엘을 지지했으나 아랍이 서방의 지지를 자기네 쪽으로 끌어당기기 위해 석유를 이용했으니 그들끼리의 국제적 입지 강화 작전에 개발도상국의 소규모 사업체들이 우르르 무너진 것이다. 고래 싸움에 새우 등이 터지면서 당장 빚더미에 올라앉았다. 많은 돈을 투자하여 만든 시설을 한 번도 이용하지 못했고 아주 오랫동안 흉물스럽게 공장 한쪽에 버려져 있었다.

"파산신고하고 제주도를 떠버릴까?"

"안 됩니다."

"파산신고는 불법이 아니에요. 남들에게 피해도 덜 주고."

"빚을 갚아야만 꿔준 사람들로부터 신뢰받을 수 있습니다."

어머니는 아버지보다 더 원칙주의자였던 것이다.

"……."

"그 사람들이 우리를 믿고 돈을 꿔줬는데 파산신고를 하면 우리 가족은 고통이 줄어들지 몰라도 이웃 사람들이 피해를 감당하는 게 더 힘들 것 같습니다. 그동안 쌓은 인정과 공덕들이 모두 물거품이 되게 할 순 없습니다."

어머니의 그늘 서린 비장감, 그리고 흔들림 없던 표정을 아직도 잊을 수 없다. 평소에도 이웃에서 귤이나 콩, 참깨, 전복 등을 가져다주면 곱빼기로 갚았으니 되로 받고 말로 갚는 체질 그대로다. 아버지도 금세 수긍했고, 부부는 이맛살 맞대는 궁리 끝에

"연탄아궁이 토관을 만듭시다."

"……."

"지금까지도 흙을 구워서 먹고 살았으니까."

어머니의 의견 개진으로 연탄아궁이 토관을 생산하기 시작했다. 토관뿐만 아니라 기와도 만들고 더러는 화분도 찍어내면서 생활을 하고 빚도 조금씩 갚아나갔다. 결국 부모님은 오랜 세월이 지나 그 많은 빚을 다 갚았다. 당시 어머니는 감귤 농사지으면서 돈을 만지는 친척들을 보며 벽돌 공장하지 말자고, 감귤 농사 짓자고 더 강하게 주장하지 못한 것을 못내 아쉬워했다.

그 석유파동 시점이 내가 고3 때였으니 당장 나의 진학 문제에 제동이 걸렸다.

"집에 빚도 많은데, 고등학교 졸업하면 취직해야지, 무슨 돈으로 딸까지 대학을 보내려고 하는지……. 쯧쯧쯧."

그러나 주변 사람들의 고까운 시선에도 어머니는 완강했다. 가까운 친척들이 강하게 만류했지만 어머니는 아무 말 없이 내가 대학 가는 것을 적극 지원했다.

어머니의 기억

우리 어머니는 매우 강인한 제주 여인이다.

외가는 제법 재산이 있는 집안이었지만, 일제강점기 일본 군 강제위안부를 피해 서둘러 결혼한 시집은 가난하고 딸린 식구들이 많았다.

그때부터 고생길이 시작되었다. 부지런한 어머니는 새벽부터 밤늦게까지 몇 가지 역할을 감당해야 했다. 주부로서 가정을 건사하는 일 이외에도 공장일도 거들어야 하고, 친정에서 물려받은 밭에서 농사도 지어야 하고, 수많은 제사, 명절, 차례 지내야 하고, 친척들 건사도 해야 하고……. 빚을 다 갚기까지 마음에 짐이 있어서 그랬는지 내가 기억하는 어머니는 웃는 모습이 많지 않고 무표정하게 생각에 잠겨있는 모

우리 가족

습이 많았다. 좀 엄하기도 했다. 때로 우리에게 매도 대섰는데 그것이 다 힘든 삶 탓이었으리라 생각한다.

어머니 형제는 여동생 하나. 이모는 일본으로 건너가 살았다. 당시 제주에는 각 가정마다 일본에 살고 있는 일가붙이들이 한둘은 꼭 있었다. 그렇지 않아도 먹고 살기가 팍팍한 제주에 4·3이라는 광풍이 불고 난 후 고향을 등지고 밀항선을 탔던 사람들이 참 많았다. 외할머니와 어머니는 이모를 참 많이 그리워했다. 이모와 어머니 사이에 오고간 수많은 애절한 편지들이 다 없어진 것이 못내 아쉽다. 외가에 가면 이모가 부모님에게 보낸 편지들을 몇 번이고 외할머니에게 읽어드려야 했다. 어린 나이였지만 이모가 얼마나 고향, 어머니, 언니를 그리워하는지 느낄 수 있었다. 외할머니가 이모에게 보내는 얘기를 받아서 이모에게 부쳐드리기도 했다.

게다가 어머니는 젊어서부터 협심증이 있어서 이모가 보내주는 구심이라는 약을 늘 복용하셨다. 큰 수술을 받고 제주도립병원에 입원해 있던 어머니 면회를 갔을 때, 병실의 천장이 무척 높았고 하얀 페인트칠을 한 벽이 참 인상 깊었다.

어머니는 어려운 중에도 오빠를 서울로 유학을 보내면서, 큰아들이 나중에 동생들 뒷바라지를 해주리라고 기대를 엄청 했다. 그러나 오빠도 결혼을 하고 가정을 꾸리면서 그게 어려운 일이 되었고, 오히려 오빠 사업이 어려워지면서 손주들 학비까지 어머니가 감당하셔야 했다.

나도 어머니를 많이 실망시켰다.

특히 결혼하겠다고 데리고 온 사윗감이 시국사범으로 대학도 졸업 못하고 앞날이 캄캄했으니.

많은 맞선 자리를 놓고 저울질했다는 말씀을 들을 때 조금 죄송했다.

하지만, 어머니는 사위 대접을 극진히 하셨다. 요즘은 구경하기도 어려운 손바닥보다 더 큰 전복을 꼭 구해서 먹이고, 집에 돌아올 때는 제주 특산물들을 바리바리 싸서 들려보내셨다.

어머니는 폐암 말기 진단을 받으시고 내가 살던 대전 충남대병원에서 치료를 받으시다가 전혀 가망이 없다는 의사의 권고에 따라 제주에 내려가셨다. 청주공항에서 비행기를 타러 들어가시던 모습을 마지막으로 어머니와 영영 작별하였다.

어머니는 돌아가실 때까지도 요즘 말로 아주 시크하게 울고불고하는 주변을 조용히하라는 표정으로 둘러보고 눈을 감으셨다 한다.

어머니의 장례는 아내를 보내는 아버지의 더할 수 없이 극진한 정성으로 치러졌다.

　어머니는 초등학교 졸업 후 외할아버지의 반대로 중학교에 진학하지 못했는데 그것을 못내 아쉬워했다. 그래서 이모는 어머니가 고집을 부려 중학교를 졸업할 수 있었다. 또한 어머니는 딸들이 그럴 듯한 직업을 가지기를 소망했다. 남편 그늘에서 살아가는 것을 원하지 않았다. 여자 팔자는 뒤웅박이라며 시집이나 잘 가면 된다는 생각을 어머니는 강하게 거부했다. 그러면서 어머니는 일본에 사는 이모할머니에게 서신 한 장을 띄웠다.

　이모할아버지는 일제강점기 때 일본으로 건너갔는데 어떻게 철강회사로 성공을 했다. 어머니 주변에서 가장 경제적 여유가 있고 어머니 뜻을 이해해주실 분이었다. 아닌 게 아니라 조카딸의 편지를 받고 당장 돈을 부쳐주었다. 그 단호한 의지 속에 어려울 것 같은 벽이 쉽게 뚫렸다. 그리고 본격적으로 대학 진로에 대한 고민에 빠졌다.

영화 구경

아주 어려서부터 할머니 무릎 베고 누워 옛날 얘기 듣는 것을 무척 좋아했다. 할머니는 설문대 할망, 감은장 애기, 남 선비, 자청비 등 끝이 없이 많은 이야기를 들려주셨다. 난 거의 다 외워 친구들에게 얘기해줄 정도가 되었어도 할머니 한테 들려달라고 졸랐고 할머니도 내게 이야기 들려주는 것을 좋아하셨다. 그래서 그랬는지 영화를 좋아했다.

초등학교 3학년, 처음으로 영화를 보게 되었다. 그때 단체 영화 관람료는 오 원이었다. 일 원짜리 동전 다섯 개를 손에 쥐고 있다가 검표원 아저씨에게 땡그랑땡그랑 떨어뜨려 주고 입장했는데, 동전을 너무 세게 쥐었는지 일 원짜리 하나 가 손바닥의 땀에 붙어 있다가 끝내 떨어지지 않은 채 그대로 남아있는 것이다. 나중에 발견하고 나서 일 원을 공짜로 벌어서 신이 났던 기억도 있다.

영화 제목은 「저 하늘에도 슬픔이」였는데 쉴 새 없이 눈물을 훔치다가 나중에는 집단으로 대성통곡을 했다. 관람이 끝난 후 함께 구경했던 친구들을 보니 모두 눈이 시뻘겋게 부어 있었다. 남자애들은 눈물을 들키는 게 부끄러워 숨죽인 채 닦아내었지만 여자애들은 아예 작정을 한 채 꺼이꺼이 울었다. 그 대신 남자아이들은 조금 나중에 관람했던 「돌아오지 않는 해병」의 총 쏘는 장면과 죽는 장면을 미친 듯이 흉

초등학교 6학년 친구들과 함께

내 내었고 여자아이들은 「저 하늘에도 슬픔이」나 「엄마 없는 하늘 아래」의 이별 장면을 떠올리며 서걱거리는 가슴을 달래었다.

초등학교 6학년 때는 언니들 따라 미성년자 관람 금지 영화였던 「미워도 다시 한 번」을 살금살금 숨어서 입장하기도 했다. 언니들이 입장할 때 옷소매를 잡고 있다가 작은 키를 숙이며 그림자처럼 재빨리 묻어가는 식이었는데 그렇게 몇 차례 성공하면서 영화에 더욱 재미가 붙었다.

대학에서 연극 서클인 '상황'에 들어간 건 중학교 1학년 담임이었던 국어 선생님의 영향도 있었다. 선생님이 클럽활동 시간에 연극반을 맡으셨는데 나도 연극반에 들어갔다. 한 명씩 연기력 테스트를 해서 배역을 정해주었는데 그때 칭찬을 받으면서 내가 연극쟁이의 끼가 있다는 사실을 처음 알았다.

종교적 갈등 그리고 사춘기

유교 집안 출신들이 그렇듯 아버지는 기독교를 꺼려했다.

초등학교 3학년 4반 시절에, 6반 담임이신 예쁜 처녀 선생님이 방과 후에 들려주던 성경 이야기가 가슴을 설레게 했다. 아이들이 선생님의 옷깃에서 풍기는 향기 따라 성당으로 우르르 몰려들기 시작하였다.

성당에 가면 집안이 모두 성당에 다니는 아이들과 뭔지 모르는 거리감도 느꼈고, 세례명을 불렀기 때문에 영세를 받지 않은 나는 괜히 주눅이 들기도 했지만 교리공부 시간에 빠지지 않고 열심히 다녔다.

부모님께서 성당에 다니는 것을 강하게 반대하는 것을 알고 있었기 때문에 이런저런 핑계를 대며 성당에 갔다. 그러

연극 공연을 마치고

나 크리스마스에는 너무 뻔해서 집을 빠져 나오기가 쉽지 않아 고민이 많았는데, 설상가상 6학년 크리스마스이브 행사 때는 정말 외롭고 쓸쓸했다. 노래와 연극, 춤 등 여러 가지 이브 행사 연습으로 친구들은 신이 났지만 나 혼자 소외된 것이다. 영세를 받지 않았다는 게 이유이다. 착한 친구 남실이가

"영세를 받고 함께 연극을 하자."

그 간곡한 부탁을 들어줄 수 없어서 슬펐다. 그것은 불가

능했다. 어린이들이 영세를 받으려면 수녀님이 직접 아버지의 허락을 받으러 오신다는데 턱도 없는 소리였다. 아버지가 특히 기독교를 싫어하시는 이유는 서양 종교가 식민지 쟁탈의 첨병으로 활약했다고 믿으셨기 때문이다. 서구 제국주의 열강이 식민지를 쟁탈할 때 기독교를 앞세웠다는 게 사실이라는 것을 나중에야 알았고 아버지를 이해하기도 했다.

그 후로도 미션스쿨인 신성여자중학교를 다니는 동안은 성당을 다녔고, 고등학교 때는 발길을 끊었다. 고등학교 3학년이던 해 유월, 눈망울이 머루처럼 크고 검은 친구 종순이가 나를 붙잡고 얘기했다.

"현충일에 영락교회 청년부에서 한라산 등산을 하는데 같이 가볼래?"

그래서 아버지 몰래 교회에 출정하는 고3 열아홉의 도발을 도모했다. 하늘은 맑았고 한라산 공기는 상큼했다. 대학생 선배들이 기타치고 찬양하는 모습은 열아홉 여고생의 마음을 끌기에 충분했다. 교회는 성당보다 분위기가 밝았다. 밝은 분위기도 나를 교회로 끌어들였고 그렇게 다시 크리스천이 되었다.

오현고등학교 남자 선배 하나가 스쳐 지나가기도 했다. 서귀포에서 제주시로 유학을 온 그가 나에게 호감을 표시했고

나도 특별히 싫어했던 건 아니었다. 하지만 그가 대학입시에
떨어지면서 물리적으로 멀어질 수밖에 없었다. 절친한 크리
스천이었던 그는 서울 종로통 재수 골목으로 입문하기 직전
종소리 울리는 교회 계단에서

"대학에 합격하고 당당히 만나자."

"……."

잿빛 옷을 입은 용두암이 어둠 속에 파묻히는 중이었다.
대학 이후까지 연결시키는 게 뜨악했지만 재수생의 비장감

고등학교 1학년

을 자를 수는 없었다. 나는 묵묵히 듣고만 있으면서 거뭇거뭇 자취를 감추는 수평선만 바라보았다. 그가 서울 광화문 재수학원으로 떠났다는 이야기를 들으면서 나도 고3 입시준비에 들어갔다.

몇 달 후였던가. 담임선생님으로부터 그 선배 얘기를 들었다.

"너 경석이랑 사귄다면서?"

우리 담임이 그 선배의 고1 때 담임이어서 친구들과 찾아뵀을 때 내 얘기를 했다는 거다. 그때 나는 엄청난 범생이도 아니었지만, 재수를 하는 처지에 여기저기 감정을 흘리고 다니는 것이 너무 싫어 몇 번 만나자고 연락이 왔지만 매몰차게 잘라내었다. 그 후 소식을 들으며 조금 미안하기도 했다.

찐빵 이야기

우리 세대 친구들 중 여자들은 대개 배움의 기회를 얻지 못했다. 대가족 여러 남매들 중 아들 한두 명을 딱 찍어서 제대로 가르치고 나머지는 대개 초등학교를 졸업하자마자 일터로 떠났다. 그런가 하면 초등학교 졸업하면서부터 서울로 전학을 간 유학파도 있었고 가정교사를 둔 부잣집도 있었다.

초등학교 4학년 때와 5학년 때는 담임이 같은 선생님이었다. 키는 작았지만 야무지고 솜씨가 좋고 욕심이 많은 여선생님이었다. 학급 경영에서 '뭐든지 1등을' 이라는 슬로건을 입에 달고 다녔다. 성적은 물론 운동회나 환경미화 심사도 1등을 해야 했다. 수업이 끝나면 그 선생님 댁에서 과외를 받

앗는데 과외라는 게 별것 아니
어서 각자 수련장을 풀게 하고
정답을 체크해주고 약간 설명
을 해주는 정도였다. 공부보다
는 선생님께 과외를 받는 우리
들끼리 은근히 우월감을 갖고
몰려다녔다. 선생님 댁에서 선
생님 딸을 돌봐주기도 하고 고

무줄놀이, 줄넘기, 공기놀이 등을 하며 놀았다.

선생님은 우리들에게 방과 후에 시험지 채점도 시켰으며
옆 반 선생님이 우리 교실에 놀러오면 찐빵을 사오라고 심부
름도 시켰다.

선생님이 좋아하는 찐빵 가게는 학교에서 제법 먼 거리에
있었지만 우리는 선생님 심부름을 하는 것도 특권으로 여기
며 으스댔다. 심부름을 다녀오면 우리에게도 찐빵 하나씩을
주었고 아직 어렸던 우리들은 다른 친구들이 어떤 생각을 할
지 살펴보지 못했다.

나중 얘기지만 쉰 살이 넘은 어느 날.

대전에서 친구 몇이 모여 수다를 떠는 자리가 있었다. 그
자리에는 처음 만나는 이도 있었다. 우리는 여러 주제를 가

지고 이야기를 나눴는데, 그러다가 우리나라 교육에 대해 이야기가 옮겨갔다.

"초딩 4학년 때, 담임선생님은 집에서 과외를 하는 아이들을 엄청 편애했어요. 아주 치사한 일도 있었는데 걔들에게 찐빵 심부름을 시키고 걔들에게만 찐빵을 나눠주더라고요. 교실에 다른 아이들도 있었는데."

'앗! 혹시?'

"고향이?"

"제주도요."

"어? 나도 제주도에서 고등학교까지 다녔어요. 몇 년생이에요?"

"56년생이에요."

"어머나! 나랑 동갑이네. 초등학교 어디 다녔어요?"

"제주동초등학교."

너무 오랜 세월이 흘렀고 친하게 지낸 사이도 아니어서 나도 그 친구도 서로 알아보지 못했다. 그 친구는 초등학교 때 몇 반이었는지는 기억하지 못했지만 담임교사로부터 상처받았던 일을 뚜렷이 기억하고 있었다. 나는 그 어린 시절 친구들이 질시했던 대상이었음을 깨달았고 많이 부끄러워서 끝내 내가 그 과외 받은 애였다고 말하지 못했다.

수학 선생님의 ∠DBC와 ∠ABC

예전의 선생님들은 어찌 그리 잘 때렸을까?

명찰을 달지 않았거나 실내화를 신지 않았다는 이유만으로 망아지만 한 여학생들이 손바닥을 맞아야 했다. 지각을 하거나 교과서를 잃어버리면 종아리를 내놔야 했고 영어 단어 시험을 본 다음 단어 하나 틀릴 때마다 엉덩이 한 대씩 맞아야 했다. 어떤 때는 1교시부터 10대를 맞고 하루를 시작하는 경우도 있었다.

그때 나는 수학을 꽤 잘한다는 소리를 듣고 있었고 중3 때까지 100점을 놓친 적이 없다. 2학기 기말고사를 치른 다음 수학시간을 많이 기다렸다. 3학년 수학 올백! 떨리는 마음으로 수학 선생님을 맞이했는데 수학 선생님(별명, 몽키)이 들

어오자마자

"이번에는 100점이 한 명도 없다. 이렇게 공부를 않으니 원, 쯧쯧쯧."

나는 '그럴 리가 없다'며 다시 시험지를 보았는데 역시 틀린 게 없었다. 다시 검토해 봐도 마찬가지였다. 수학 선생님이 답안지를 확인시켜 주었는데 살펴보니 증명에 대한 채점 오류가 발견되었다. ∠B를 구하는 문제에서 선생님이 만든 답이 ∠DBC였는데 내가 ∠ABC라고 쓴 것을 틀렸다고 한 것이다.

"가운데 각 ∠B를 구하는 문제이니까 각 ∠ABC가 틀린 게 아닌데요."

분명히 정당한 항의였다.

"무슨 소리야?"

다시 볼멘소리로,

"채점이 틀린 거라구요."

"너, 그게 선생님한테 대하는 태도냐?"

"제가 틀린 게 아니라구욧!"

"나왓!"

교탁 앞에 나와서도 잘못한 걸 따지자 선생님의 얼굴이 붉으락푸르락하더니,

"손바닥 내놔."

나도 화가 나서 매를 전혀 피하지 않고 손바닥을 고스란히 견뎠다. 세 대, 네 대 뒤로 갈수록 매의 강도가 더해갈수록 나도 독하게 견뎌내었다. 열 대를 맞자 빨갛게 부어 오른 손바닥은 감각이 없었다. 자리로 들어오면서 눈물을 흘리는 대신,

"몽키!"

그의 별명이 툭 튀어나왔으니 이미 엎질러진 물이다. 그의 튀어나온 입술을 빗댔으니 아킬레스건을 건드린 것인데

"다시 한번 말해 봐."

교실이 찬물을 끼얹은 듯 고요해졌다. 꼬리를 내리면서 더 이상 맞지 않은 게 그나마 다행이었다.

일주일 뒤엔가.

동문통 언덕길을 오르는데 맞은편에서 바바리깃을 올리신 수학 선생님과 딱 마주쳤다. 나는 일주일 전의 갈등을 떠올리면서 짐짓 외면하는 선생님 바로 앞에 섰다.

"안녕하십니깟? 선생님."

일부러 큰소리를 냈고 더욱 상큼하게 90도 굽히는 인사로 반항을 대신했다. 선생님은 눈을 피하면서 고개만 끄떡거렸다. 교실에서의 싸늘했던 표정이 정작 바깥에서는 우물쭈물 당황하는 쪽으로 변신하는 게 신기했다. 한낮, 중천에 뜬 태양 탓이었을까? 선생님의 그림자가 유독 짧았다.

작은 반항, 영어 백지동맹

고2 때 영어 선생님은 명문대 출신으로 서른 초반의 상남자 스타일이었다. 그는 자신이 다닌 대학과 영어 실력에 대한 자부심이 철철 흘러 넘쳤다. 처음에는 여고생들의 인기를 독차지했다. 다른 영어 선생님과 확실히 다른 발음과 영어 교과서를 덮고서도 몇 페이지 몇째 줄의 문장까지 맞추면서 좔좔 외우는 탁월한 암기력을 과시하곤 했으니 그것만으로도 인기가 넘칠만했다. 하지만 본인의 장점을 지나치게 노출시키면서 바닥이 보이기 시작했다. 게다가 시험문제까지 너무 어렵게 출제했다. 특히 듣기시험이 그랬다. 그때는 녹음기가 절대 부족하던 시절이라 듣기시험이라는 게 주로 선생님이 읽어주고 우리들이 받아쓰는 형식이었다. 거의 두세 문

듣기평가 백지 사건의 영어 선생님과 함께

단을 완전히 외워야 쓸 수 있는 듣기평가는 아무리 집중해도 하나만 놓치면 모조리 놓치기 마련이었는데, 어쩌면 선생님은 우리들이 힘들어하는 것을 즐기는 것도 같았다. 세 번씩 읽어줬는데, 한 번은 보통 속도로 읽고 다음 두 번은 빨리 읽어서 감당할 수가 없었다. 선생님이 우리를 너무 가지고 논다고 생각되었고 우리는 마음을 모았다. 당시 우리 학교는 감독 교사 없이 시험을 보았다.

"백지동맹이다."

우리 반 모두는 백지를 내었다. 그래 놓고 걱정이 많았는데, 선생님은 우리들의 폭풍 같은 불평불만을 모두 듣더니 그 사건을 덮고 다시 듣기평가를 했다. 그때는 지금보다 훨씬 더 많이 교사에게 평가권을 주었던 것 같다.

만우절 해프닝

지금은 빼빼로데이나 화이트데이 같은 'Day 이벤트'가 유행이지만 그 시절 만우절은 특히 질풍노도 여학생들의 심장을 후빌 정도로 드라마틱한 날이었다. 말괄량이들은 며칠 전부터 어떻게 선생님들을 골탕 먹일까 골똘했고 선생님들 역시 딱 그날만큼은 넘어가주는 게 통상 관례였다.

새로 부임해 오신 가정 선생님은 서울대 출신의 미혼이란 사실 하나만으로도 전교생의 기를 죽일 정도의 흡입력이 있었다. 고운 쌍꺼풀과 긴 생머리 그리고 당시 유행하던 미디 스커트. 그녀의 모든 것이 여고생 정도는 쉽게 압도했다. 그 선생님은 고1 수업을 맡고 있었기 때문에 고3인 우리는 그 선생님과 얘기를 나눠 보고 싶었다.

사랑하는 사람아

입시를 앞둔 여고 3학년

어떻게 대학 준비를 했는지 대학 생활은 어땠는지 애인은 있는지 궁금한 게 많았다.

우리는 만우절에 그 선생님과 만날 궁리를 하였다. 작전을 짜고 1학년 3반 교실로 찾아갔다. 먼저 반장을 불렀다.

"3교시 너네 가정 시간이지? 그 시간에 너희 모두 우리 교실로 가. 너네 반과 우리 반 교실을 바꾸는 거야……. 어떠냐?"

"……큭큭큭 재미있을 거예요. 언니."

이 이벤트는 삽시간에 전교생에 퍼졌고 3학년과 1학년은 각각 교실을 바꾸기로 작전을 짰다.

우리들은 3교시가 되자 우당탕쾅탕 1학년 교실로 갔고 콩당콩당 가정 선생님을 기다렸다. 그러나 우리가 기대했던 즐겁고 행복한 시간은 오지 않았다. 가정 선생님은 냉정하게 학생과에 우리들이 교실을 바꾼 것을 말했고 그 유쾌한 이벤트는 댕유지(당유자의 제주도 방언)란 별명을 가진 학생과장 선생님의 "1학년, 3학년 전체 운동장 집합"이라는 방송 소리를 들으며 무너져 갔다. 댕유지 학생과장은 그의 트레이드마크인 몽둥이를 짚고 떡 버티어 서서,

"전부 엎드려뻗쳐!"

일장 훈시를 한 후에 1학년부터 몽둥이로 엉덩이를 때리기

시작했다.

　이 일을 먼저 시작한 우리는 1학년 후배들이 맞는 것을 그냥 보고 있을 수가 없었다.

　"선생님. 저희들이 먼저 하자고 했어요. 우리가 1학년 몫까지 맞을 게요. 우리를 때리세요."

　"후배들은 잘못이 없어요."

　"일과 수업 중에 교실을 바꾸다니, 퇴학 깜이다. ……아니면 너희들을 징계하겠다."

　"그건…… 만우절……."

　"만우절이 무슨 신성한 수업을 개판으로 뒤집어엎는 행태나 부리라고 만든 거냐? 잉. 이 자식아. 예를 들어, 잉. 선생님 얼굴에 고춧가루 묻었어요. 아니면 선생님 집에서 전화 왔는데요. 하는 것들은 얼마나 건전하고 만우절다운 재치냐? 머리는 텅 빈 것들이."

　공포로 벌벌 떨던 후배들이 하나씩 울음을 터뜨리더니 마침내 집단 곡성으로 후엉후엉 울음바다를 만드는 것이다.

　"저희들이 맞겠어요. 제발."

　1학년과 3학년 모두 합창으로 엉엉 울면서 선생님의 얼굴이 비로소 눈사람처럼 풀어지는 것 같았다. 사람의 마음을 움직이기 위해서는 얼마나 많은 눈물이 필요한 것일까.

제2부

어느 대학으로 갈까

 부모님이 가장 선호하는 딸들의 직업은 무엇일까?

 당연히 교사나 공무원, 간호사 같은 직업들이 순서대로 적혀 나왔다. 하지만 나는 공무원이나 간호사 체질은 아니었다. 등록금 싸고 직업도 확실히 잡을 수 있는 학교가 어디에 있을까. 친구 경화와 함께 입시 정보 책에서 전국의 학교를 모두 훑어내기 시작했다. 단발머리 수험생끼리 이맛살 맞대다가 공주사범대학이란 이름을 만났는데 가슴에 딱 꽂히는 것이다.

 서울 사립대학교는 어려운 가정형편으로 간다 할 수 없고 국립대를 가야 하는데 그 대학이 적절하다는 판단이 들었다. 그때까지 공주라는 지명은 물론 그런 대학이 어디에 붙어있는지 관심조차 없다가 눈이 확 떠진 것이다. 백제의 고도라서 어감도 좋았다. 담임선생님도 공주사대를 적극 추천했고 부모님도 찬성했다.

당시 입시는 국가에서 실시하는 대학입학예비고사에 합격하고 난 후 대학별 본고사를 보는 제도였다. 예비고사는 전국에서 두 지역만 지망할 수 있었고 합격한 지역에 있는 대학에만 응시할 수 있었다. 나는 1지망을 충남, 2지망은 제주로 했다. 나는 문과라서 일반사회과에 가고 싶었다. 정치와 경제에 관심이 많았고 고3 때 정치경제 선생님을 많이 좋아했다.

고등학교 선배 영희 언니가 공주사대 3학년에 재학 중이었는데 교수님께 우리를 부탁했다. 그 교수님을 만나 인사를 드리자,

"김 양은 무슨 과를 지망하나요?"

"일반사회과에 원서를 내려고 합니다."

"음, 일반사회과에는 여학생이 별로 없어요. 여학생은 지리과에 많지. 지리과는 답사도 많이 다니고 재미있어요."

늘 일반사회과가 지리과보다 커트라인이 높아서 안전하게 지원하라는 말씀임을 깨닫고 떨어지는 것이 걱정되기도 해서 지리교육과에 지원했다.

그러나 그 해는 공주사대에서 지리교육과의 경쟁률이 가장 높았고 커트라인도 일반사회과보다 높았다.

대학입시 그 새롭고 설레던 기억

　1월 본고사를 치기 위해 교육학과를 지망한 정임이와 목포 행 배 가야호를 탔다. 지금 같으면 당연히 부모가 따라나설 먼 길이지만 당시에는 얼마든지 혼자 할 수 있는 일이었다. 정임이와 서로 의지하며 출렁이는 검푸른 바다를 건너고 전라남도와 전라북도를 지나고 충청남도 논산에 도착했다. 논산에서 버스를 타고 마침내 공주에 도착했다. 제주와는 모든 것이 달랐다. 사투리도 너무 귀에 설었고 한복 입고 긴 수염 휘날리며 자전거 타고 다니는 할아버지 모습도 낯설었다. 한번도 경험해보지 못한 영하의 날씨가 우리를 더욱 이상한 나라에 온 것처럼 느끼게 했다.

　육지는 섬나라 남녘보다 확실히 추웠다. 하숙집은 연탄아궁이었는데 방바닥이 딱 방석 하나만큼만 미지근했고 나머지는 차디찬 냉골이었으며 웃풍이 세서 앉아있을 수도 없었다. 추위에 약한 나는 아랫목에 이부자리를 깔고 드러누웠고 정임이는 윗목에 있는 책상에서 공부했다. 주일이 되어 교회를 갔다. 부모님 눈치 보지 않고 교회를 가는 일이 참 편안했다. 교회를 다니기 위해서라도 꼭 공주사대에 합격해야 했다.

'하느님, 나를 교회에 다니게 하려면 공주사대에 붙게 해주세요.'

그런 생뚱맞은 소원을 빌었다.

아직도 기억에 남는 시험문제가 있다.

1교시 국어 시험에서 김소월의 시 「금잔디」의 "잔디/잔디/금잔디/심심산천에 붙는 불은/가신 임 무덤 가에 금잔디"에서 '심심산천을 한자로 써라'가 시험문제로 나온 것이다. 우리는 한글 전용 세대로 한자를 배우지 않아서 읽을 수는 있지만 쓰기 문제만 나오면 헤매곤 했다. '深深山川'이라고 쓰지 못하고 '深深'을 '心心'이라고 쓴 게 오래도록 부끄러웠다.

또 하나, 선택과목이었던 일반사회 문제에서 국민교육헌장 ( ) 넣기가 출제되었다. 어이없는 수준의 시험문제이지만 여고 시절에 아주 우연히 그걸 외워서 참 다행이었다. 초등학교 6학년 12월 국민교육헌장이 선포되었다. 중고 시절 내내 국민교육헌장이란 걸 신경 쓰며 들여다본 적이 없었으며, 그런 발상이 아주 유치하다는 냉소까지 지니고 있던 터였기에 외우기는커녕 쳐다볼 생각조차 없었다. 그러던 어느 자습시간에 담임 대신 자습 감독을 들어온 교감 선생님이 뜬금없이,

"국민교육헌장을 외워라. 오늘 외우지 못한 애는 집에 안 보낸다."

강제로 종용하는 바람에 우거지 인상으로 달달 외워 버렸는데 그게 대학입시 시험문제로 나온 것이다. 그것 참.

합격자 발표일까지 며칠 동안 초조한 마음으로 지내고 있었는데 합격자 사정회의를 마친 교수님께서 주인집으로 전화를 하셨다.

"김 양, 되얐어. 합격했어."

지리과에 원서를 넣도록 하고나서 경쟁률이 매우 높자 교수님은 내가 떨어져 원망할까 봐서 나보다 더 마음 졸이셨던 모양이다.

합격을 확인한 후에 정임이와 나는 공주에 자취방을 정해놓고 합격증을 들고 다시 길고 긴 길을 되돌아 제주로 돌아갔다.

극단 '상황'에 들어가다

캠퍼스의 3월은 선배들의 서클 유치 경연장 같았다. 봄볕을 쬐며 잔디밭이나 계단 어디쯤에 새내기 표정으로 서성이고 있으면 남녀 선배 두엇이 다가와 어김없이 자기네가 소속된 서클을 권유했다. 쿠사, 상록회, 문학회, 붓글씨, 불사회, 뉴맨 가톨릭 등 모든 서클은 모집 광고도 알록달록 붙어있었고 여기저기 설득 문구로 분주했는데 막상 내가 찾으려 했던 연극반 포스터만 보이지 않는 것이다. 연극반에 들어가기 위해 수소문했지만 연극반이 있다고는 하면서도 제대로 알려주는 사람이 없었다. 그러던 중 '탐라향우회' 모임에 갔다가 연극반 '상황' 동인인 강영하 선배를 만나게 되었다.

"지금은 4월 공연 준비 중이라서 너무 바빠 후배를 뽑을

대학 1학년 때 친구, 선배들과

시간이 없고 일단 공연이 끝나야 신입생 모집에 들어갈 거
야. 요새는 뽕세 신부님 집에서 연습 중이야."

"선배님, 연극 연습하는 거 보고 싶은데 가도 돼요?"

"그래. 같이 가자."

뽕세 신부는 프랑스 파리외방전교회 소속 신부님으로
1968년 한국에 와서 교육과 선교활동을 했는데 당시 공주사
대에서 불어과 수업을 하며 공주에 살고 있었다. 외국인이고
신부님이어서 신부님 댁은 경찰의 외부감시는 받아도 침탈
할 수는 없는 곳이라 당시 연극반 '상황'이 「금관의 예수」 공
연을 준비할 때 연습 장소로 내주었다. 외국인이라는 것도

특이했고 그가 반독재 의식을 가졌다는 게 신선하게 느껴졌다.

설레는 마음 안고 선배를 따라 금강 다리를 건너 뽕세 신부님 댁으로 갔다.

조금 늦어서 아주 조심조심 문을 열고 들어가는 순간에 나는 숨도 쉬기 어려웠다. 조용하다 못해 비장함이 넘치던 공간을 양희은의 노랫소리가 꽉 채우고 있었다. 마침 그날, 전채린 교수가 서울에서 가져온 「금관의 예수」 주제곡 테이프를 처음 듣고 있었다.

나는 바로 압도되었다. 그날 이후 '상황' 동인이 되었고 열심히 선배들 뒤를 따라다녔다. 더구나 당시 지리과는 학과 내 문제로 전공 교수들에 대해 수업 거부를 하고 있어서 전공 수업이 없었고 그러면서 더욱 연극반에 몰두하였다.

「금관의 예수」는 김지하의 작품으로 이미 서울 몇 대학에서 대본을 돌려 읽다가 경찰에 적발되어 공연을 할 수 없었는데 공주에서 제목을 「성냥」으로 바꿔서 공연을 강행하기로 작정한 것이다. 원작자 이름 역시 김지하 대신 그의 본명인 김영일로 바꾸고 통과되었다. 필명을 본명으로 바꾸면 통과되던 시대이니 그 무시무시한 독재 정권도 일면 아날로그식의 엉성함이 보이던 시대이기도 하다. 나는 김지하라는 이름을 들

「금관의 예수」 공연하기 전

어보긴 했지만 그보다는 「성냥」이라는 제목이 너무 감동스러웠다. 어둠을 밝히기 위해 자신의 몸을 태우는 희생의 상징이 아닌가.

하지만 정작 무대 공연을 띄우려는 연극반 '상황'은 경제적 준비가 전혀 없었던 것 같다. 선배들이 모여앉아 이리저리 공연 자금을 마련하기 위해 궁리를 하는데, 가난하기 이를 데 없는 선배들의 주머니에서는 나올 방도가 없었다.

"제가 내겠어요."

순간 회의에 몰입하던 심각한 얼굴들 모두가 나를 쳐다보는 것이다. 자신도 모르게 튀어나온 소리지만 아무튼 나는 어머니가 비상금이라며 꼭 필요할 때만 꺼내 쓰라고 주신 통장과 도장을 내놓았다. 그때 마련한 조악한 조명기 두 대가 연극반 '상황'의 보물 1호이다.

그렇게 해서 「금관의 예수」는 「성냥」이라는 이름으로 막을 올렸다.

대학 1학년 때인가 최교진 선배가 기다렸던 그 벤치

그를 만나다

한겨울에도 파릇파릇 남새가 자라는 따뜻한 남쪽 나라 제주에서 나고 자란 내게 공주의 3월은 아직 봄이 아니었다. 옷깃 속으로 찬바람이 파고들어 늘 '춥다'를 입에 달고 지내면서도 누구의 간섭도 없는 자유롭고 신선한 새내기 대학생으로 조금은 흥분된 나날을 보내고 있었다. 조그만 자취방에 앉은뱅이책상 하나 놓고 이부자리 한 채 있었고 몇 안 되는 옷은 벽에 걸어 놓고 소꿉장난처럼 대학생활을 시작하였다.

내가 처음 살던 봉황동 집에는 방이 여러 개 있었고 각 방마다 대학생들에게 세를 놓고 있었다. 나중에 알고 보니 공주에서는 대부분 학생들을 상대로 하숙을 하고 방을 세놓았다. 정말 주민보다 학생들이 더 많은 도시였다. 마당 한가운데 제주도에서는 볼 수 없었던 우물과 펌프가 있었다. 아침이면 모두들 우물 주변에 모여 쌀도 씻고 세수도 하고 빨래도 했다. 서툰 두레박질과 펌프질을 익히며 점점 타향살이에 익숙해져 갔다. 바로 입주 가정교사로 이사 갔기 때문에 그 집에서는 오래 살지 않았다.

3월 하순 어느 날, 어스름 저물녘에 8교시 수업을 마치고 건물 밖으로 나오니 '상황' 4학년 최교진 선배가 노을이 내려앉는 벤치에 혼자 앉아 고즈넉이 담배 연기를 날리고 있었다.

"안녕하세요?"

"수업 끝났어? 너 기다리고 있었는데 같이 갈래?"

그를 따라간 곳은 중동 제민천 근처에 있는 순두붓집이었다.

"어머니! 저 왔어요."

한쪽 구석에 자리를 잡고 막걸리를 시키며 주인 할머니를 어머니라 불렀다.

뜨끈뜨끈 뚝배기에 끓고 있는 순두부를 안주 삼아 막걸리를 마시며 내게도 한잔 주는데 처음 마셔보는 막걸리가 나는 별로 좋지 않았다.

그는 참 많은 이야기를 했다. 세상에서 가장 사랑하는 누나가 동생들을 위해 예비고사 합격증을 울며불며 찢어버리고 은행에 취업한 일, 세상에서 가장 예쁜 동생 정진이가 중학교도 바로 진학하지 못하고 일하러 가야 했던 일, 세상에서 가장 착한 동생 연진이가 초등학교도 휴학을 하고 고향 작은집에 얹혀 지내야 했던 일 등 누이들 이야기를 오래오래 했다. 어머니가 얼마나 고생하셨는지도 이야기하고, 가장 친한 친구 진복이의 고등학교 시절 첫사랑 이야기도 들려주었다. 자기 고향 보령군 미산면 도화담, 풍년동, 거무러지, 번더뜸, 천뱅이 등 지명 하나하나에 담긴 이야기도 신나게 들려주는 동안 시간은 많이 흘렀고 그는 취했다.

"가자!"

일어서더니 계산도 않고 밖으로 나갔다.

"어머나? 그냥 나가네!"

어리둥절하며 막걸릿값을 치르고 뒤따라갔다.

그는 '실비센타' 라는 맥주집으로 들어갔다. 그의 이야기가 이어졌다. 고향 마을 동무 하나하나 얼마나 착한 사람들이 얼마나 어렵게 사는지 들려줬다. 자기는 대학생이 되었지만 중학교도 진학하지 못하고 바로 돈 벌러 고향을 떠나야 했던 친구들이 지금 어떻게 살고 있는지 들려줬다. 그러면서 '상황'에 대해서도 이야기했다. 선배들은 어떤 사람들이고 왜

최교진과 극단 '상황' 최교진의 친구들

연극을 하는지 들려주었다.

그는 나와는 전혀 다른 곳에서 살아왔다. 무슨 소설을 읽는 것 같았다. 대체로 평범하게 살던 내게 그의 얘기는 울림이 컸다. '상황'에 대해서도 새로운 시각을 갖게 되었고 무언가 비밀스럽고 매우 중요한 길에 들어섰다는 긴장감이 느껴졌다.

그는 이곳에서도 맥줏값을 계산하지 않고 그냥 나갔다. 나중에 알았는데 단골집에는 모두 외상 장부가 있었다. 외상으로 밥을 먹고 술을 마시고 한 달에 한번 향토장학금이 오면 한꺼번에 계산하는 것을 나는 알 리가 없었다.

"선배라고 부르지 말고 오빠라고 불러."

그 후로 다른 선배들과 달리 '교진이 오빠'라 불렀다.

1975년 공주 최초의 시국사건 그리고 제적

긴장 속에 「금관의 예수」를 무사히 무대에 올리고 큰 뒤탈 없이 마무리되는 듯했는데 그가 사고를 쳤다. 서울대 김상진 열사 추모집회였던 '오둘둘' 사건을 치르고 공주로 피신했던 시인 김정환과 출판인 김도연이 잡혀가는 사태를 접하면서 감정을 추스르지 못한 게 주요 원인이다. 그 사고의 죄명은 '박정희 대통령 사진 모독' 사건이다. 수요문학회에서 시낭송을 하는 중이었다. 그는 「편지」라는 시를 낭독하기로 되어있었다. 낭독 학생은 무대 안쪽의 태극기와 대통령 사진에 경례를 한 다음 원고를 읽어야 했다. 그의 차례가 되었다. 단상에 올라간 그는 돌연,

"나는 태극기에 대해서는 경례할 수 있으나 저 유신 독재

자에게 경의를 표할 수는 없다. 하늘이 두 쪽 나더라도 고개 숙이지 못한다."

라며 태극기에만 경례를 하고 「편지」라는 제목의 시를 낭송하였다. 지금 생각하면 해프닝 수준도 안 되지만, 그 일로 학교를 제적당했고 당장 구속되었으며 연극반 '상황'과 문학반 '수요문학회'는 강제 해산되었다. 1975년 5월, 그 일이 있기 며칠 전에 내려진 긴급조치 9호의 영향이 컸을 것이다. 조용하던 소읍에서 처음으로 반정부 시국사건이 생겼고 이는 뒤에 학생운동의 성냥불이 되어 이어진 것이다.

갑자기 닥친 일은 아직 철없던 내가 감당하기에는 너무 큰 일이었다. 무섭기도 하고 무엇을 해야 할지도 몰랐다.

연극반 선배들이

"교진이 면회를 가지 마라. 이제 겨우 신입생인데 벌써부터 요시찰 인물로 찍히게 되면 나머지 대학생활이 힘들어진다."

그 말은 나를 더욱 움츠러들게 했다.

그러나 마냥 있을 수만은 없어서 용기를 내어 면회를 갔다. 어떤 사이냐고 묻자 좀 망설이다 후배라고 했는데 면회가 안 된다고 했다. '애인이라고 했으면 면회할 수 있었을까?' 이런저런 생각하며 공주경찰서 앞 놀이터 느티나무 밑

바위에 앉아서 경찰서 건물만 하염없이 쳐다보다가 돌아올 수밖에 없었다. 허탈한 마음으로 집을 향해 터덜터덜 걸어가는데 연극반 선배들을 만났다.

최교진의 글쓰기 친구들

'황토' 「만선」 공연 전

"교진이 때문에 연극반이 해체되었어. 이제 연극을 할 수 없게 되었어. 그 나쁜 자식이 술 마시고 일을 저지르는 바람에 연극을 못하게 됐어."

그렇게 비난하는데 기가 막혔다. 나는 차마 대들지는 못했지만 순간,

'아, 이 선배들은 연극을 못하게 된 것만이 제일 문제구나. 학교도 잘리고 구속되어 있는 선배에게 어떻게 저런 말을 할 수 있지?'

나는 선배들에게 크게 실망하고 지금까지도 그때 그 모습을 잊지 못한다.

아무튼 공주사대 극단 '상황'은 없어지고 그 대신 '황토'로 이름을 바꾸어 써클 등록을 했다. 내내 예전의 그 멤버들이 거의 다 들어와 자리를 메꾸었다. 이번에는 천승세의 「만선(滿船)」을 공연했다. 어촌을 무대로 자연과 대결하는 한 어민 가족의 의지와 비극적인 삶을 그린 작품이다. 청년 학도들의 열기가 뜨거운 만큼 공연은 비장했다. 연극을 띄울 때마다 형사들이 두리번두리번 상주하고 있어서 공연의 열기가 더 스릴 있었다. 문제는 내가 거기에서 자꾸만 거리가 멀어지는 것이다. 연극반에 대한 애정이 점점 식어갔다.

강제 징집

1975년 5월 29일에 연행된 최교진 선배는 그나마 구속을 면하고 유치장에서 구류 29일을 살고 나왔다. 그러나 얼굴도 보지 못했다. 형사들이 아버지와 동행해서 경찰 지프에 싣고 바로 고향 집으로 데려갔다. 가는 길에 부여읍 시외버스터미널 근처 식당에서 형사들에게 점심 식사를 하게 하고, 아버지는 아들과 마주 앉았다.

"소주 한잔 할래?"

"예."

아버지와 아들은 소주 한 병을 시켜 큰 잔에 반씩 따라 단숨에 마셨다.

"한잔 더 할래?"

고향 집에 놀러 온 최교진 고교 친구

"예."

그렇게 연달아 세 병을 나눠 마셨을 뿐 아버지는 아들에게
한마디도 하지 않으셨다.

곧 군대에 끌려간다는데 연락할 길이 없어서 답답해하던
차에 군대 가기 전에 공주에 온다는 소식을 전해 들었다.

그리고 그의 입영 송별회.

입대하기 전날 그는 아버지와 함께 공주에 왔다. 좀 많이
야위어보였고 좀 쓸쓸한 표정이었다. 다른 동인들에게 하듯
그저 큰 손으로 내 손을 한번 잡아봤을 뿐 별다른 이야기를
하지 않았다. 나도 무슨 얘기를 해야 할지 몰라 그냥 눈을
쳐다봤을 뿐이다. 아버지는 구석에 따로 앉아 아들 친구들이

술 마시는 모습을 묵묵히 지켜보셨다.

'상황' 선배들은 연신 술잔을 채우고 비웠다. 무슨 말을 해야 하는지를 모르는 것은 선배들도 나와 별로 다르지 않았다. 시간은 흘러 떠날 때가 되었다.

한 사람씩 그의 아버지에게 다가가 허리를 90도로 굽히며 인사를 했다. 나도 줄을 따라 인사를 드렸다. 그런데 아버지가 나를 잠깐 응시하더니 돌아서서 가려는 나를 잡고,

"고맙네."

등을 토닥여주었다. '이게 무슨 소리지? 나를 아시나? 나에 대해 부모님께 무슨 말씀을 드렸나?' 순간 머리가 복잡했지만, 이거저거 따질 겨를 없이 나에게 39매의 원고지 뭉치를 주고 그는 떠났다.

휴가를 나온 최교진과 함께

전선 편지

집에 돌아와 그가 주고 간 원고지를 꺼내 읽었다.

밖에 빗소리가 있다.

다시는 너에게 아무런 소리도 들려줄 수 없다고 다짐한 나의 결정을 허물어뜨리는 빗소리가 밖에서 달리고 있다.

기실 지난 5월 29일 이후 늘, 다시는 너를 향하는 나의 감정을 용서하지 않겠다고 다짐하곤 했다. 그것이 너를 위할 수 있는 나의 마지막 행동이라 믿으면서.

이렇게 시작한 원고지에는 6월 유치장 안에서 적어놓은 글들이 써있었다.

절망과 이별이 가득 담겨있었다. 그의 절망을 온전히 느끼며 참 많이도 울었다.

비가 온다. 아직도. 내일도 왔음 좋겠다.
이젠 떠난다. 공주를 거쳐 모레 아침이면 입대다.
푸른 제복의 씩씩한 아저씨에게 위문편지나 해보진 않으련.
이야기가 하고 싶은데…
건강해라.

　기실 나는 그때까지 그에 대한 애정이나 연애 감정이 진하
게 있었던 것도 아닌데 가슴이 싸하게 아파지는 것이다. 그
는 입영 직전 나를 떠올리며 모든 것을 정리하는 마음으로
원고지를 채웠을 것이다. 이별은 이렇게 비수처럼 가슴을 찌
르고 나는 평생 첫사랑의 아픔으로 간직해야 하는 거구나.
우리의 관계가 그쯤에서 마무리되는 줄 알았다.

　여름에 입대한 그는 가을날이 다 가는 동안 다른 동인들에
게는 편지도 보내고 하면서도 내게는 편지 한 통이 없었다. 나
를 잊기로 한 그의 마음이 확고하구나 하고 궁금한 마음을 접
고 있었는데 초겨울 어느 날 갑자기 엽서 한 장이 날아왔다.

　"보고 싶으니 편지를 보내라."

　그런 생뚱한 투정이 나를 사로잡을 줄 전혀 예상치 못했
다. 딱 한 가지, 그가 외로웠다는 것이 나에게는 안도감으로
다가왔다. 그리고 그때부터 편지를 쓰기 시작했다. 우리는
신파극처럼 전선 편지를 통해 사랑을 달구는 청춘이 되었다.

가끔 '나는 왜 이리도 문장력이 없을까'를 한탄하며 요리조리 문장을 맞추면서 그의 휴가 날짜를 기다리다 보면 눈시울이 시큰거렸다. 캠퍼스에 군복 입은 휴학생들이 가끔 등장하곤 했는데 그들의 눈빛에 서린 설렘과 그리움을 읽어서일까, 그때부터 거의 날마다 편지를 주고받았다.

한 번은 깜빡 잊고 우표를 붙이지 않고 그냥 편지를 부쳤는데 그 잘못 부친 편지가 학교 우편함에 되돌아온 경우도 있었다. 그 편지에는 발신인 주소를 쓰지 않았는데도 집배원 아저씨는 발신인이 누군지 알고 반송해준 것이다. 얼마나 많은 편지를 전해주었는지 그 아저씨는 그렇게 우리 사이의 오작교가 되어주었다. 그는 제대하는 날까지 내가 보낸 편지를 받아들고 나왔다. 그렇게 오고 가는 편지를 따라 그에 대한 사랑은 커졌고 그의 곁에 내가 있어야 한다는 어쭙잖은 책임감이 굳게 내 마음을 사로잡았다. 이후로 우리 부부는 수없이 많은 편지를 주고받았다. 그것은 자주 떨어져 살았기 때문이기도 했지만 서로 위로하고 의지하고 힘을 나누지 않으면 참 견디기 힘든 세월을 살았기 때문이다.

캄캄한 시대, 시국사범으로 제적당하고 강제 징집된 청년은 희망이 없어 보였다. 부모님은 물론 우리 결혼을 반대했다. 아버지는 인사드리러 간 사윗감의 절도 받지 않았다. 그

러나 자식 이기는 부모 없다는 만고의 진리 따라 우리 결혼
을 허락했고 나중에는 장인의 사랑을 듬뿍 받는 사위가 되었
다. 아버지 허락을 받아내는 데에도 편지가 한몫했다. 아버
지로부터 거절을 받고 돌아온 후, 그는 날마다 편지를 드리
기 시작했다. 우리가 처음 만났을 때부터 그때까지 어떻게
지냈는지 소상하게 써 보냈다고 한다. 어느 날 아버지로부터
전보가 왔다. '알았으니 그만하라'

　그가 처가에서 별로 환영받지 못한 것과는 반대로 나는 시
부모님의 환대를 받았다.

시부모님의 봄 나들이

사랑하는 사람아
100

시어머니의 끝없는 자식 사랑

시어머니는 농사채가 많은 부잣집 따님이었다.

어느 날 선을 본다고 총각이 집에 왔는데 창호지에 구멍을 뚫고 내다보니 초등학교 1년 선배였다. 그는 학교 다닐 때부터 잘생기고 똑똑해서 어린 소녀(시어머니 이름이 이소녀)의 마음속에 자리 잡고 있던 사람이었다. 어머니를 졸라 시집을 왔는데 시집은 미산면 용수리 천뱅이 좁은 골짜기 안에 10여 가구가 도란도란 살아가는 가난한 동네였다. 시아버지와 시할머니의 시집살이가 참 심했다. 더구나 결혼한 지 6년 동안 출산하지 못해서 '아이 못 낳는 년'이라고 말할 수 없는 서러움을 당했다. 6년 만에 딸을 낳고 또 2년이 지나 얻은 아들이 교진이다.

그 아들은 세상 그 무엇보다 귀했다. 어렸을 때는 농사일을 하면서도 맨발에 흙 한 톨 묻히지 않게 보살폈으며 자라서 학교 갈 때는 아침에 밥 한 숟가락이라도 더 먹이기 위해 애를 쓰셨다. 아장아장 걸을 때쯤 시할머니가 고사 지내느라고 장독대에 올려놓은 정화수 그릇과 떡시루가 궁금했는지 기어오르다가 넘어져서 다쳤다. 어머니는 당장 떡시루를 메어쳐 버렸다. 그 무서운 시할머니가 하나도 겁나지 않았다.

아들이 초등학교 3학년, 아버지가 미산면사무소에서 보령군청으로 자리를 옮기면서 대천으로 이사를 갔고, 그때가 시어머니가 가장 행복한 시절이었다. 시집살이 시키는 시아버지는 고향에 계셨고, 다달이 꼬박꼬박 월급을 받아서 살림을 했다. 아들딸들은 모두 공부를 잘했다. 서울로 유학도 보냈다.

그러나 행복했던 시간은 길지 않았다.

공무원을 그만두고 탄광 사업에 손을 댄 아버지가 자본이 부족하여 끝까지 버티지 못하고 부도내는 바람에 가정은 풍비박산이 났고 이후 모든 식구가 말할 수 없이 어려운 시절을 보내야 했다. 누나는 예비고사 합격증을 찢고 은행에 입사했으며, 무엇보다 귀한 아들은 굶기를 밥 먹듯 하며 버스비가 없어서 왕복 네 시간을 걸어 학교에 다녀야 했다. 고등

최교진의 대학시절 4남매

학교 진학할 때는 등록금을 내지 못해 한 달이나 늦게 입학을 했다 하니 어머니의 마음이 어땠을까 짐작이 된다.

어머니는 아들을 대학을 보내야겠는데 돈이 없으니 공주사대를 가라고 눈물을 펑펑 흘리며 권했다 한다. 서울에서 고등학교를 다닌 아들은 공주사대가 영 마땅치 않았지만 어머니의 눈물을 외면하지 못하고 공주로 진학했는데 아마도 우리가 만나려고 그랬나 싶다.

그 아들이 4학년 봄에 험한 시절을 만났다.

학교도 제적을 당하고 유치장에 갇히고 군대에 끌려가고… 얼마나 많은 피눈물을 쏟았을지.

어느 날 아들이 휴가를 나왔다. 그리고 여자친구를 집에 데려온다고 했다. 어머니는 아들이 좋다하니 무조건 좋았다.

어머니는 설레는 마음으로 갖은 음식을 장만하여 처음 볼 며느릿감을 기다렸다. 마당에 어둠이 내렸을 때 아들은 여자친구를 데리고 왔다. 부엌에 있다 한달음에 나가 손을 꼭 잡고 집안으로 데리고 들어갔다. 궁금한 게 많았지만 어머니는 아무것도 묻지 않았다. 그저 내 아들을 행복하게 해줄 며느릿감이기를 기도했다.

'내 아들이 행복하려면 며느리를 편안하게 해야 한다.'

못마땅한 일들도 많았지만 어머니는 딸들에게조차 절대 며느리 흉을 보지 않았다. 아주 작은 일이라도 마음에 드는 일은 칭찬을 아끼지 않았고 이웃과 친척들에게 자랑을 해서 나를 부끄럽게 했다. 허리가 몹시 아파 고생했는데, 손녀 둘을 기르는 동안 허리 통증을 잊을 정도로, 오래전 하나뿐인 아들을 기르던 바로 그 지극 정성으로 키웠고, 몸이 약한 며느리가 잠이 많아 아침밥 한번 하지 않았어도 나무라신 적 없었다. 일요일에는 쉬어야 한다면서 김장을 해도, 된장을 담아도 꼭 며느리가 출근한 평일에 혼자 하셨다.

온종일 아기를 돌보시고 청소, 빨래 등 집안일이 무척 힘들었을 텐데, 퇴근해 온 나에게 '아기가 얼마나 에미 품이 그리웠겠냐'며 아이를 안겨주시고는 당신은 부엌으로 저녁 준비를 하러 가셨다. 아기가 힘들다며 나는 부엌 근처에 얼씬

거리지 못하게 하셨다.

　대천에 처음 집을 샀을 때는 대출을 많이 받아서 이자와 적금을 떼고 나면 살림 여유가 없었는데도 조금씩 돈을 모아 제주도 사돈에게 한산 모시를 선물하기도 했다. 어머니의 정성과 사랑은 끝이 없다. 그토록 사랑하던 남편이 너무도 아까운 나이 54세에 세상을 떠나 잠시 흔들리기도 했지만 어머니는 바로 정신을 가다듬고 아들과 며느리, 손녀들을 위해 정성을 다했다.

　그러다 뇌경색으로 쓰러지셨는데, '내가 아직 어린 손녀들을 돌보아야 한다'는 오직 그 한마음으로 회복하시고 아직 어렸던 두 손녀를 마저 다 키우셨다.

　오른쪽 다리가 완전히 회복되지 않아서 걷는데 어려웠지만, 언제나 우리 집 방바닥은 매끈했고, 우리 이부자리는 풀이 빳빳하게 먹여있었다.

　'만일 내가 자식들에게 어려움을 주게 되면 깨끗이 죽어버릴 거라'고 노상 말씀하시더니, 두 번째 쓰러지고는 더 이상 자식들에게 줄 힘이 남아있지 않았는지 그냥 이승을 버리셨다.

　"에미야, 일어나 학교가야지!"

　조심스레 깨우던 어머님의 목소리가 한없이 그립다.

시아버지의 며느리 사랑

시아버지의 며느리 사랑도 무조건이었다.

감 하나, 대추 하나까지 흠 없는 깨끗한 것을 골라 가장 먼저 며느리에게 주었다. 아궁이에 장작으로 난방하는 방은 겨울철 이른 아침이면 한기가 돈다. 아버지는 이른 새벽에 일어나 커다란 가마솥 하나 가득 물을 데울 겸 며느리 방에 불을 넣었다. 덕분에 며느리는 따뜻해지는 방안 온기로 꿀맛 같은 늦잠에 빠지기도 했다. 밤사이 눈이 내리면 마당에서 먼 동구 길까지 며느리 출근길을 깨끗이 쓸어 놓았다.

결혼하기 전부터 공주에 사는 며느릿감에게 엽서를 보내곤 했는데, '숙아~'로 시작해서 '아빠가~'로 맺었다. 그 엽서들을 보고 시누이들이 엄청 질투를 하기도 했는데 그 엽서들은

시아버지

지금 어디에 있을까? 안타깝다.

돌아가시기 얼마 전 돈도 없는 아버님은 당시 유행이던 월남치마 하나를 사다 주셨다. 아버님 돌아가신 후 외상으로 샀다는 것을 알았다. 며느리에게 무언가를 해주고 싶어 하셨던 아버님, 그분은 내게 사랑을 오래 주지 못하고 일찍 돌아가셨다.

시아버지는 보령군청 공무원으로 근무했지만, 겨우 초등학교 졸업 학력으로 승진에 한계를 느끼고 당시 지역사회에 술렁술렁 붐을 일으키던 성주 탄광 사업에 뛰어들었다. 그러나 탄광 사업은 석탄이 나올 때까지 끝없이 많은 자본을 들여야 했다. 기본 재산이 많지 않았던 아버지는 끝까지 버티지 못

시어머니의 회갑연

하고 결국 파산했는데, 그 바람에 은행뿐 아니라 일가 친척
과 주변 친지들에게 많은 빚을 졌다.

결혼한 후, 어머니를 통해 번호계를 들었고 앞 번호로 계
를 타서 아버지 빚을 갚았다.

물론 친척들의 큰 빚은 갚지 못하고, 동네 분들에게서 얻
은 돈을 그것도 원금만 갚아드렸다.

나의 첫 발령, 그는 누동학원으로

1978년 2월, 31개월의 군 생활을 마치고 제대를 했지만 남편을 받아줄 곳은 없었다. 박정희 대통령이 살아있는 한 제적된 학교에 돌아올 수는 없었고, 공장에 들어가려 해도 받아줄 곳은 없었다. 그런데 제대 인사를 하러 찾은 전채린 교수님이 안면도 누동학원에 갈 것을 권유했다. 뽕세 신부님 도움을 받아 불어과 졸업생 김한택 선생이 가정 사정으로 중학교 진학을 하지 못하는 학생들을 위한 재건학교를 세운 것이 1975년이었다. 천주교 공소에서 시작해 학생들과 주민들이 함께 흙벽돌을 찍어서 교실 네 칸의 건물을 짓고 운영하고 있는데 처음 시작한 김한택 선생을 비롯한 공주사대와 공주교대 출신 선생님들이 교사 발령을 받고 떠나서 당시 길경

누동학원생의 수학여행

선생님들을 모시고 매년 실시하는 누동학원 동문회

사랑하는 사람아
110

렬 교장과 황시백 선생만 남아서 선생님이 필요하다는 것이었다.

망설이지 않고 그는 안면도로 갔고 거기에서 황시백, 길경렬 선생과 함께 순박한 안면도 아이들과 제대로 교육을 할 수 있게 되었다며 행복해 했다. 특히 그곳 아이들과 글쓰기 교육을 하면서 문집을 만들었다. 삶을 그대로 기록하는 건강한 아이들의 글을 모은 문집을 이오덕 선생님께 보내드렸는데 선생님이 칭찬하는 편지를 보내 격려하셨다고 어린아이처럼 기뻐하기도 했다. 황 선생과 함께 연극을 지도해서 공연하기도 했다. 아무런 간섭도 받지 않고 자신의 교육철학에 따라 살아있는 교육을 할 수 있어서 그때가 가장 행복하게 참교육을 할 수 있었다고 자주 이야기했다. 그가 누동학원 아이들을 데리고 공주에 수학여행을 와서 몇 아이들을 내 방에 재우며 이야기 나눈 일이 있는데 아이들도 그를 매우 신뢰하며 따른다는 것을 느낄 수 있었다.

그 학교는 5회 졸업생 120여 명을 배출하고 문을 닫았다. 중학교도 제대로 진학할 수 없었던 당시 어린 학생들이 지금은 곳곳에서 당당히 자기 몫을 다하며 살고 있는 모습을 보며 눈물 나게 고마워한다. 지금까지 선생님들을 잊지 않고 해마다 동문회를 하면서 선생님들을 모신다. 길경렬 선생님께서 돌아가셨는데 3주기에 제사 음식을 장만해서 탈상을 하기도 했다. 요즘 부모님도 삼우제 때 탈상하는 경우가 많은데, 뭉클한 일이다.

1979년 3월 나는 그의 고향인 미산중학교로 첫 발령을 받아 선생님이 되었다.

그 학교는 학년 당 세 학급씩인 아주 작은 학교였고 무척 가난한 농촌 지역에 있었다. 나는 남녀 합반인 1학년 2반 담임선생이 되었다. 미산면 용수리 천뱅이골에서 별곡리 자라실까지 도보 등하굣길이 시작되었다. 왕복 한 시간 반 이상 걸어야 했지만 늘 많은 아이들과 이야기 나누며 걷는 길은 힘들지 않았다.

틈만 나면 교실로 가서 아이들과 지냈다. 아이들 가정환경이 얼마나 어려운지 알면서 아이들을 위해서 뭐라도 더 해주고 싶었다. 동네별로 아이들과 함께 가정 방문을 다녔는데 어떤 아이들은 끝내 문을 열지 않았다. 가난한 집을 선생님에게 보여주고 싶지 않았겠지. 음료수 한잔 대접할 수 없어서 문을 열 수 없었겠지.

첫 학교에서 만난 우리 아이들

집에서 학교로 가려면 웅천천 섶다리를 건너야 했다. 해마다 장마철이 되어 홍수가 나면 그 다리는 흔적도 없이 쓸려 내려가 버렸다. 나중에 시멘트 다리가 건설되기 전까지 큰물이 쏟아질 때마다 하천 옆 오솔길을 돌고 돌아 학교에 갔다. 비는 쏟아지고 길은 미끄럽고 자꾸만 휘청거렸다. 그때마다 우리 아이들이 앞에서 끌어주고 뒤에서 밀며 빗속을 뚫고 학교엘 갔다. 그래도 우리는 뭐가 그리 재미있는지 웃으며 그 험한 길을 다녔다. 나도 40분 이상 걸었지만 깊은 산골 금강암에서 오는 아이들은 왕복 두 시간 이상을 그렇게 가파르게 산길을 걸어 학교에 다녔다.

비 맞은 다음날 몸살이 났다. 온몸이 불덩이였고 머리는 깨지게 아팠으며 모든 뼈마디마디 안 아픈 데가 없었다. 도무지 학교를 갈 수 없었다. 병가를 내고 비몽사몽 잠에 취해 있었는데 자전거 벨소리가 잠을 깨웠다. 우리 반 아이들이 삼십여 명 가까이 집으로 병문안을 온 것이다. 담임이 아파서 결근했다는 얘기를 듣고 하루종일 동동거리다가 수업이 끝나자마자 달려왔다. 그리고 그날 학교에서 있었던 일들을 주저리주저리 늘어놓는다. 담임이란 부모 같은 것, 엄마 잃은 아이들처럼 얼마나 기가 죽어 지냈을까 미안했다. 그리고 참 행복했다. 40년이 흘렀지만 그때 온몸을 감싸던 행복감은 잊을 수 없다.

스승의 날 아이들로부터 구두 선물을 받았다. 너무 놀랐다.

"고맙다. 하지만 앞으로 이런 것 사오지 말아라."

"학급 회의에서 결의한 걸요. 우리 담임선생님 자리에만 선물이 없는 건 견딜 수 없어요. 하지만 선생님이 너무 싫어하신다면 앞으로 짚신 다발로 바꿀 수도 있어요. 이히히."

"이 자식은 돈 안 들어갈 궁리만 하는구나!"

까르르르르르.

"……."

"그런데 얘들아, 내 발 사이즈를 어떻게 알았지?"

교사용 신발장에서 여럿이 내 구두를 신어보았단다. 그중 내 신발이 맞는 아이를 찾았고 같이 대천까지 나가 사왔다는 것이다. 눈물이 났다. 아이들은 용돈이 거의 없었다. 그런데 얼마씩을 모아 스승의 날이라고 선물을 했다니. 참 미안하기도 했다.

영자는 대농리 깊은 산골에 사는데 작은 점방도 운영했다. 점방이랄 것도 없다. 방 한구석에 라면 한 박스, 성냥 몇 개, 비누 몇 개 놓고 파는 것이다. 학교까지 걸어오는 데만 꼬박 한 시간 반이 걸리는데 면소재지 농협 매장에서 라면이나 비누 등을 사서 그걸 등에 지고 또 한 시간 반을 걸어서 집에 갖다 두었다가 동네 사람들에게 낱개 라면을 파는 것이다. 그리고 거기서 남는 돈으로 학용품이나 운동화를 샀다. 그러나 날마다 왕복 서너 시간을 걸으니 운동화를 당해낼 재주가 없는 것이다. 맑은 날은 헌 운동화를 신고 비 오는 날은 새 운동화를 신고 학교에 온다. 비 오는 날 새 운동화를 신는 것은 발이 젖지 않기 위해서이다. 그렇게 운동화를 아끼는 아이들이 담임을 위해서 학급비를 걷어 구두를 샀다니 목이 메는 것이다.

그 아이들은 여학생인 경우 정규 고등학교로 진학하지 못하고 산업체 부설 고등학교로 사실상 취업을 한 아이들이 많앗다. 아이들을 데리고 대전에 있는 방적공장에 갔을 때 아주 잠깐이었는데도 공장 안 습도와 열기를 나는 견디기 어려웠다. 우리 아이들은 그렇게 힘듦 속에서도 각각의 처지에서 참 잘 살아내었다.

30여 년이 흘러 그 아이들을 서울에서 동창회로 만났을 때 내 머릿속에 있는 아이들은 없었다. 모두 세련된 도시 여인이 되어있었다. 처음에는 얼굴도 못 알아보겠더니 점점 그 어렸을 적 모습이 되살아났다. 우리는 30년을 뛰어넘어 옛날 이야기를 나누며 울고 웃었다.

1980년, 소문도 없이 사라지고

　박정희 대통령이 그의 부하 김재규의 총을 맞고 세상을 떠났고 그 소용돌이치는 지각변동의 와중에 남편이 복학했다. 다시 캠퍼스의 봄을 만난 듯 우리 집안이 잠시 동안이나마 훈훈해졌다.

　그리고 '서울의 봄', 전국은 대학생 시위대 물결로 소용돌이쳤다. 3김(김대중, 김영삼, 김종필) 중 누가 대통령이 될 것인가가 가장 궁금했던 그 서울의 봄, 억압의 세월이 지나고 해빙기처럼 한반도를 품어줄 줄 알았다.

　'비상계엄 해제하라.'

　흑백 TV에서 컬러 TV로 바뀔 즈음, 광주에서 피비린내 총성이 터졌다. 나라를 지키는 군인들이 남녘땅 광주에서 제나라 국민들을 향해 총부리를 들이댄 것이다. 그 마지막 날 신 새벽, 도청 사수대 젊은 목숨들이 꽃잎처럼 떨어지면서 광주항쟁은 막을 내렸다. 대장으로 계급장을 두 계단 껑충 뛰어 오른 전두환 소장이 곧바로 국보위를 통해 나라를 장악하면서 공포의 세상이 도래했다.

'학살의 원흉이 권력을 잡았구나.'

뭔가 불안한 기운이 휩싸고 있었는데 그가 돌연 사라졌다. 원이를 임신하고 있을 때였는데 그 종적을 알 수가 없는 것이다. 그 사람뿐만 아니라 가까운 벗들이 자취방이나 포장마차에서 불심검문에 걸리듯 우르르 종적을 감추었다. 보안사에서 지휘하고 공주경찰서 사복경찰들이 행동 대원처럼 사

1980년 5월 연행되기 며칠 전 고교 친구들과 함께

냥을 시작한 것이다. 공포였다. 어디로 끌려갔는지 행방을 모르니 대학 시절에 공주경찰서 면회를 가는 것과는 차원이 다른 것이다. 아버지는 여기저기 수소문을 하며 다녔지만 도무지 흔적이 없었다. 불안을 가득 안고 나는 아침마다 출근해야 했고 수업을 하고 시험문제를 채점하고 공문서를 작성해야 했으니 몸과 마음이 따로따로였다.

기도할 수조차 없는 날들이 무심하게 열흘, 스무날 지나갔다.

"에미야. 이거 봐라. 면회 오라고 엽서 왔다."

그날도 파김치가 되어 퇴근했는데 어머니가 날 반겼다.

"예?"

"애비 면회 시켜준다는구나."

'아, 살아있구나.' 그것만으로도 우리는 충분히 감사했다. 살아있기만 하면 얼마든지 다음을 도모할 수 있으니까. 면회를 시켜준다니 더 떨리고 더 긴장되고 잠도 오지 않았다.

그가 사라진 지 42일만이었다. 어머니와 동행하여 엽서에서 모이라는 대전역으로 갔다. 그곳에서 안내하는 대로 버스를 타고 이동하였다. 도착한 곳은 조치원 32사단, 남편이 강제 징집되어 훈련 받았던 곳에 다시 그가 끌려와 있다니! 보안대에서 온갖 고문을 받으며 조사를 받은 후 32사단으로 옮겨 삼청교육 훈련을 받고 있었다. 아니, 삼청교육이라니?

전두환 보안사령관은 '사회악(社會惡) 일소(一掃)에 의한 국가 규율의 확립'이라는 명분하에, '국가의 안전 보장과 사회 안정을 저해하고, 국민의 혐오와 원성의 대상인 고질적이고 만성적인 조직·상습 폭력, 치기배, 기타 퇴폐적인 행위자, 그리고 재범의 우려가 있는 자'를 순화하기 위해 삼청교육대를 설치한다고 했다. 그러나 아무런 근거 없이 영문도 모른 채 끌려간 대상자들은 말이 순화교육이지 지독한 군사 훈련과 구타와 가혹 행위를 당하며 하루에도 수천 번 '정신 순화'를 외쳐대었으니 몸도 정신도 피폐해지고 사고로 병으로 죽거나 견뎌내지 못하고 자살한 이들도 많다 한다.

조교들에게는 기선 제압을 위한 선제 폭력이 허용되었다. 제압하지 못하면 오히려 당할 수 있다는 불안감과 두려움을 끊임없이 주입했다. 젊은 군인들은 처음부터 필요 이상의 폭력을 사용했고, 그 결과 엄청난 희생자를 낳을 수밖에 없었다. 내 남편이 바로 그곳에 있었다. 도무지 인간으로서의 존엄을 지킬 수 없는 그곳에서 몇 번이나 목숨을 버리고 싶기도 했다. 그래도 언젠가는 집으로 돌아갈 수 있다는 희망으로 견디어냈다.

누구와도 남편에 대해 이야기를 나눌 수 없었다. 그저 살아 돌아오기만을 빌고 빌었다. 동료 교사들 모두 그가 삼청교육대에 끌려갔다는 걸 짐작하고 있었지만 아무도 그 이야기를 입에 올리지 않았다. 섣불리 위로하거나 염려한다 할 수 있는 그런 사안이 아니었다.

8월 초 어느 날 70여 일만에 그가 집으로 돌아왔다. 바짝 야윈 몸을 하고 휘청휘청 돌아왔다. 그리고 별 말이 없었다. 나는 그가 어떤 일을 겪었는지 왜 그랬는지 궁금하기 짝이 없었지만 물어볼 수도 없었다. 다리에는 없던 흉터가 생겼고 책상 다리를 하기 어려워졌지만 캐물을 수 없었다. 그때 어떤 일들이 있었는지는 아주 나중에야 다른 사람들과 모여 있는 자리에서 조금씩 조금씩 들을 수 있었다.

그때 충남기업사 지하에서 그를 모질게 고문했던 이 모 준위는 교통사고로 죽었는데 남편은 지금도 어쩌다 그 죽음을 이야기한다. 40년 가까이 세월이 흘렀지만 아직도 그는 악몽을 꾼다.

"여보. 내 손 꼭 잡고 자, 당신 손잡고 자면 나쁜 꿈 안 꿔."

보령중학교 재직 시

사랑하는 사람아

남편이 대천여중으로, 그리고
두 번째 발령지 보령중학교

　남편이 대학 입학 10년 만에 대천여중으로 첫 발령을 받았고 나는 보령중학교로 전근을 갔다. 보령중학교가 있는 주포에 보금자리를 얻었고 결혼 이후 처음 함께 살게 되었다.

　남편은 대천까지 10킬로미터 되는 거리를 자전거를 타고 통근을 했다. 그런데 주포에서 살기 시작한 지 한 달이 지나 아버님이 쉰넷이라는 너무도 젊은 나이에 갑자기 세상을 떠나셨다. 어머님을 혼자 미산에 있게 할 수 없어 주포로 모셔왔고 외할머니도 우리와 함께 살게 되었다.

　아버님이 돌아가신 충격으로 어머님은 삶의 의욕을 잃어버렸고 따라서 집안 살림은 온통 내가 맡아 하게 되었다.

　새벽 기도를 다녀와서 아침밥을 하고 도시락 싸서 남편 출근하면 기저귀 빨아서 널어놓고 출근했다. 퇴근해서도 저녁 식사 준비하고 또 빨래하고 청소하고 애기 돌보고 정신없는 나날이 흘렀다. 나는 원래 겉으로는 힘들다는 내색을 안 하는 체질이다. 그런데 자다가 그만 두 번이나 의식을 잃어 한밤중에 119구급차로 대천병원에 실려 갔다. 저혈압 때문이었다.

"이러다가 며느리마저 먼저 보내겠다."

그 일로 어머님이 다시 살림을 맡아 하기 시작했고 돌아가시는 날까지 우리를 살펴주셨다. 어머님과 나는 한 남자를 같이 사랑했다. 그 남자의 몹시 고단하고 힘든 삶은 우리 두 여인을 서로 기대고 의지하게 했다.

역사가 오래된 보령현 관아문을 지나면 보령중학교 교문이 있다. 교문을 들어서면 건물이 있는 곳까지 봄에는 박태기 꽃이, 가을에는 노란 은행잎이 도열해 있는 길을 만난다. 꽃잔디도 참 아름다웠고 뒷동산에는 벚나무, 밤나무가 봄과 가을을 즐겁게 해주었다.

부임하면서 1학년 여학생 반 담임을 맡았고 그 아이들이 졸업할 때까지 담임을 하면서 3년 동안 근무했다. 남편이 겉으로나마 평온한 날들을 보내고 있었으니 자연히 나도 걱정이 없었다.

담임반 아이들에게 아침마다 편지를 써서 게시판에 붙여놓았다. 아이들도 선생님의 글을 읽고 답장을 쓰는 걸 즐거워했고 나중에는 친구들과 서로 편지를 주고받기도 했다.

더러는 아이들이 하교한 후 나 혼자 아이들의 책상을 닦으면서 책상 주인과 이야기를 주고받았다.

"영미야, 할머니 편찮으신 거 좀 어떠셔? 우리 영미가 할머니 대신 밥해 먹고 학교 다니느라 힘들지?"

"향란아, 너 아직도 피아노 열심히 치고 있어? 집에서 너 피아노과 가는 거 찬성하시는 거야?"

"우리 미경이 편지 자주 써줘서 고마워."

"진묵이 너 너무 용필이 오빠한테 빠진 거 아냐? 그 정성으로 공부 좀 해라, 응?"

보령중학교에 근무할 때는 나름대로 수업에 힘을 들였다. 아이들을 성적에 따라 몇 그룹으로 나누어 수업방법을 달리하고, 매 시간 아이들이 정리한 노트를 일일이 다 점검하고 조언을 했다. 그러나 맡은 학생이 너무 많고 수업도 많아서 그 일은 물리적으로 어려웠다. 수준별 수업을 오래 하지 못했다.

우리 반 아이들은 정심원 아이들과 자매결연을 해서 한 달에 한번 찾아가 같이 놀아주었다. 학급 규칙을 어겼을 때 벌

보령중학교 재직 시 봉사활동을 가던 정심원

보령중학교 재직 시 우리반과 자매결연을 맺은 정심원생

두 번째 발령지 보령중학교 제자들

최교진의 대천여중 제자들

금을 걷는다든지 은행잎을 판다든지 하는 여러 가지 방법으로 돈을 모으고 거기에 나도 보태 매달 일정액을 기부하기도 했다.

늦은 발령을 받은 그는 정말 열심히 아이들과 어울려 정성을 다하는 참교육 교사였다. 첫 담임을 맡은 학급 63명의 이름을 한 주 만에 모두 외워 출석부를 보지 않고 이름을 불러줬다. 안면도 누동학원의 경험을 살려 글쓰기 교육을 하고 다달이 학급문집을 만들었다. 한 아이도 빠지지 않게 모든 아이들이 짧은 글이나 그림이라도 문집에 실을 수 있게 배려했다. 필경을 해서 등사를 하는 인쇄과정도 아이들이 직접 참여하게 했다. 그 문집을 보신 이오덕 선생님은 '온 누리에 알리고 싶은 대천여중 학급신문 우리!'라고 칭찬하는 글을 발표해서 격려해 주셨다. 옆에서 지켜보는 나도 함께 기쁘고 흥분이 될 지경이었다.

1983년 이오덕 선생님과 그를 따르던 열 몇 명의 선생님들이 발기인이 되어 '한국글쓰기교육연구회'를 만들었는데 그는 황시백, 이상석, 임길택, 윤구병, 이주영, 윤태규 등 평생 동지가 된 친구들과 함께 참여했다. 그리고 방학 때면 글쓰기회 연수를 하러 안동이나 서울 근처에서 모였는데 나도 그와 함께 연수에 참가해서 훌륭한 선생님들을 만나고 배우는 귀한 기회를 갖기도 했다. '세상에는 이렇게 바른 교육을 위해 애쓰는 선생님들이 많이 계시구나' 깨달으며 내 교사생활에 대해 반성하기도 했다. 특히 글쓰기 모임에 꼭 오시던 권정생, 전우익 선생님들을 뵙고 말씀 들을 수 있는 것이 큰 행운이라 여겼는데 왜 그런지 그 선생님들이 남편을 드러나게 아껴주셔서 덩달아 나도 기분이 좋았다.

그는 아이들과 모둠별로 돌아가면서 함께 도시락을 먹으면서 자주 큰 그릇에 모든 밥과 반찬을 부어놓고 비빔밥을 해 먹는 일이 많았다. 섬에서 온 친구들이 반찬 때문에 도시락 싸오는 것을 망설이지 않게 배려한 것이었다. 대천 인근에 있는 정신지체아 시설 아이들과 자매 결연을 맺고 주말이면 아이들과 함께 찾아가 놀다오기도 했다. 대학 탈춤반 후배들의 도움을 받아 전교생이 학교 축제 때 탈춤 체조를 추기도 했다. 아이들과 연극반을 만들어 해마다 공연을 했고, 3년째에는 학생들이 친구들 이야기를 직접 대본으로 만들어 학교생활극이란 이름을 붙이고 공연을 해서 이를 본 학생들이 서로 껴안고 울게 만드는 감동을 선사하기도 했다. 틈틈이 아름다운 노랫말을 가진 옛 노래와 동요를 가르치고 함께 부르는 활동도 아이들이 많이 좋아했다. 그가 처음 만났던 아이들이 졸업을 하자 고등학생이 된 친구들과 대천고 학생들이 함께 모여 고향의 역사를 배우고 지키는 동아리 '우리의 뿌리'를 만들어 지도하기도 했다.

제3부

'초등학생 대상 조직적 의식화 교육 사건' 그리고 해직

교단에 선지 4년째인 1984년 여름방학에 그는 봉사활동을 하기로 했다. 소위 문제를 일으키는 아이들이 많이 사는 탄광촌 성주에 가서 직접 아이들의 환경을 알아보고 지도할 방법을 찾아보기로 하고 원래 동료 교사들과 함께 계획을 세웠다. 대천 YMCA 준비위와 상의해서 여름학교를 하기로 했는데 함께 하기로 한 동료들이 연수나 보충수업으로 할 수 없게 되어 대학 후배들 중 복학생들에게 제안해서 그들과 같이 하게 됐다. 초등학생과 중학생을 대상으로 일주일 동안 집단 창작으로 마을 생활 벽화 그리기, 동화 읽기, 민요와 노래 배우기, 글쓰기, 탈춤 기본동작 배우기 등 활동을 했다. 아이들도 신나고 즐겁게 참여했고, 주민들도 모두 좋아했다.

봉사활동 마지막 날, 활동을 끝내고 마을 주민들이 고맙다고 초대해서 천렵 잔치를 벌이고 있는데 경찰이 숙소를 덮쳐 봉사활동을 보조하던 제자들의 일기장을 압수해 갔다. 여름이라 한낮에는 쉬었는데 그때 대학생인 후배들이 보조하는 고등학생 제자들에게 광주항쟁 이야기를 조심스럽게 이야기했고 아이들은 그걸 일기로 썼던 모양이다.

그런데 그걸 '초등학생 대상 최초의 조직적 의식화 교육 사건'이라 이름 붙이고 제자들과 봉사활동에 참여한 후배들이 학교를 떠나야 할지도 모른다고 협박했다. 남편에 대한 탄압이면 당당히 맞서 싸우라고 하겠지만 후배와 제자들이 피해를 입어야 한다니 그도 괴로워하고 나도 물러나라고 할 수밖에 없었다. 그렇게 첫 해직교사가 되었다.

겉으로는 의연한 척하지만 교단을 떠나고 그는 절망감에 무너져 내렸다. 멍한 표정으로 하염없이 학교를 쳐다보는 날도 많고 저녁에 혼자 술을 취할 때까지 마시고 오는 날도 많았다. 당시 그가 해직된 후 대천여중에서는 조회, 종례시간마다 최교진 선생과 접촉하지 말라는 얘기를 반복하며 아이들을 다그쳤고, 동료 교사들도 그와 만나는 것을 두려워하며 피하는 분위기였다.

그래도 대학 때 뜻을 모았던 국어과 5년 후배들인 졸업 동기 이인호, 김창태, 조재도 선생들과 만나 자기는 혼자라서 해직이 되었지만 후배들이 다시 그런 일을 당하지 않으려면 조직 활동이 필요하다며 새로운 시도를 하려고 애썼다. 그렇게라도 힘을 내는 것이 안쓰러우면서도 다행이라 여겼다.

재야활동가로, 계속되는 연행과 구속의 나날

　마음을 못 잡고 위태로운 나날을 보내고 있던 1985년 초, 대전에서 활동하던 그의 친구들과 후배 동지들이 연락을 해왔다. 대전에서 새로운 재야운동 단체를 만들고 활동을 하자는 제안이었다. 그들 대부분이 70년대와 80년 민주화운동을 하다가 구속된 경험이 있었고 다시 모여 새로운 활동을 하자는 것은 감옥에 갈지도 모르는 위험한 일이라는 것을 잘 알지만 남편은 이미 마음을 굳힌 것 같고 나도 말릴 생각이 없었다. 오히려 대천에서 마땅히 할 일도 없고 이러다 폐인이 될 것만 같아 대전으로 가는 것을 적극 찬성했다. 그래서 그는 1985년 대전으로 갔고 입시학원에 강사로 취직해서 일하면서 동지들과 새로운 활동을 시작했다. 4월초 '충남민주운동청년연합'이란 단체를 결성하고 그의 친구 오원진이 의장, 후배들이 집행부를 맡고 그는 대의원회 의장을 맡았다. 1기 집행부가 구속되면 2기 집행부를 꾸려야 한다는 것이었다. 실제 1985년 전두환 정권을 규탄하는 시위를 주도하고 집행부를 맡은 후배들이 전원 구속되고 그는 1986년 2기 의장을 맡아 후배인 장수찬 집행위원장을 비롯한 새 집행부를 꾸려 '충남민청'을 이끌었다. 그리고 1986년 한 해 동안 언론에서 알려주지 않는 내용과 주장이 담긴 '충남민청' 소식지를 만들어 거리에서 시민들을 상대로 배포할 때마다 연행되어 보름이나 일주일 구류를 살아야 했다. 전국적인 행사가 있을 때는 연금되는 일도 잦았다.

그들이 언제든지 구속될 각오를 하고 활동을 할 때 김순호 신부님과 이명남 목사님이 든든하게 그들을 받쳐주고 격려해 주셔서 참 고마웠다.

대전에 혼자 나가 하숙을 하게 된 남편은 너무나도 불규칙적인 생활을 해서 걱정이 되었다. 늘 긴장 속에 살고 있는데다 하숙집 밥이라는 게 아무 때나 먹을 수 있는 게 아니어서 거의 식사를 못하는 데다가 자주 술을 마셔서 염려가 되었다. 생각하니 우리 가족이 굳이 대천에 있을 필요도 없었다.

"어머니, 아이들과 대전으로 이사를 가서 애비 밥 좀 챙

겨 주세요. 저러다가 쓰러질 거 같아요. 저는 여기서 자취를 하다가 대전으로 학교를 옮겨갈게요."

지금 와 생각하면 대천을 떠나 아무 연고도 없는 대전으로 이사하는 게 어머니에게는 결코 탐탁하지 않았을 것 같다. 그러나 아들을 아끼는 어머니는 이번에도 흔쾌히 따라주었다. 1986년 봄 어머니는 아이들을 데리고 대전으로 가셨고 나는 혼자 자취를 시작하였다.

1985년 '학원안정법' 파동 속에 『민중교육』지 사건이 터지고 많은 후배들이 해직되었다. 조재도, 송대헌, 강병철, 전인순, 황재학, 전무용 등 후배들과 함께 사무실을 내고 교육민주화 운동의 상근자 역할도 함께 해 나갔다. 1986년 '충청교육민주화선언'을 김순호 신부님이 계신 천안 오룡동 성당에서 할 때도 해직된 후배들과 그는 모든 심부름과 준비를 해야 했다. 그리고 그 선언에 참여했다는 이유로 해직되고 폐암으로 투병하던 이순덕 선생이 우리 집과 같은 아파트 앞 동 이춘희 선생 집에 있었는데 우리는 두 딸과 함께 자주 들러 힘내라고 격려하곤 했다. 아픔을 견디는 이 선생을 보며 남편을 비롯한 그의 동지들에게 언제든지 일어날 수 있는 일이라는 생각이 들어 소름 끼치게 무섭고 슬펐다.

1987년 1월 3일 이순덕 선생이 돌아가셨다. 가족들에게 연락이 안 되는 상황이어서 김순호 신부님의 도움으로 산내 천주교공원묘지 구석진 곳에 선생님을 묻으며 그와 그의 동료들은 그야말로 피눈물을 흘렸다. 그리고 곧이어 박종철 군 고문치사 사건이 터지고 정국은 소용돌이치기 시작했다. 그는 5월 '충남민청' 의장을 다른 동료에게 물려주고 '충청민주 교육실천협의회'를 만들어 집행위원장을 맡았다. 그리고 '민주헌법쟁취 국민운동 충남본부' 일을 친구들과 하게 된다. 역할 분담에 따라 교육위원장을 맡은 그는 시위 연설을 자주 하면서 각 조직이나 활동가들을 상대로 투쟁의 당위성을 교육하고 사무실 후배들과 함께 대자보를 작성해서 시내 곳곳에 부착하는 활동을 했다.

6월 민주항쟁은 뜨겁게 진행되었고 두 차례 연행은 되었지만 구속은 피한 채 소위 6·29 항복 선언을 맞이했다. 민정당 대표인 노태우가 발표한 6·29 선언을 맞아 온 국민들은 승리감에 취했다. 민중의 힘으로 역사를 바로잡은 승리를 맞아 축제라도 벌이고 싶었다.

6·29 선언 내용 중에는 부당하게 해직된 교사를 복직시킨다는 약속도 있었다. 정국은 직선으로 치르게 된 대통령 선거를 중심으로 돌아가고 있었다. 그래서 해직교사 복직 문제에 대한 국민들의 관심을 모으고 조속한 해결을 촉구하기 위

한 집회를 서울에서 갖는다는 연락이 왔다. 충청지역의 해직 동지들과 함께 참여해서 단식과 농성 그리고 가두 선전전을 벌였다. 그리고 흥사단 본부에서 행사를 마치고 거리 시위를 하다가 전원 연행이 되었다.

당시 나는 홍산중학교에 근무하고 있었다. 대천 한내여중에서 대전으로 전근을 하려고 내신서를 냈는데 교육청에서 장학사가 찾아왔다.

"대전에 자리가 없으니 부여로 1지망을 쓰라."

이런 일은 있을 수 없었다. 1지망한 곳에 자리가 없으면 2지망으로, 그도 없으면 아무 데나 발령하는 게 관례였다. 1지망을 대전을 쓰지 말라는 것은 그곳으로 발령낼 수 없다는 것이다.

'최교진의 아내 대접을 받는구나.'

그 전에 홍성지역에서 문집을 만들고 독서토론을 한 이인호, 박경희, 조재도, 이우경, 황금성 등의 젊은 교사들을 일일이 부부간의 근무지를 떼어놓는 수법을 썼으니 참으로 야비한 작태이다. 나도 어쩔 수 없이 부여의 홍산중학교로 발령을 받았다.

처음 한 달은 부여 시누이 집에서 출근했는데, 대전시 와동에서 홍산중학교까지는 출근거리만 세 시간 왕복 여섯 시간의 장거리 출퇴근길을 내색 없이 강행했다. 시외버스를 타고 다녔는데 버스에서 모자란 잠을 채웠다. 그 학교는 소위 벽지 학교였는데 바로 전에 근무했던 한내여중도 탄광벽지 학교여서 일부는 승진 점수 때문에 일부러 온 줄 알고 곱지 않은 시선을 보내는 해프닝도 있었다.

6월 민주항쟁 때는 퇴근길에 대전역 시위에 합류했다. 최루탄이 터지면 도무지 숨을 쉴 수도 없이 코와 눈이 매웠지만 그보다도 항상 시위의 중심에 있는 남편이 걱정되었다. 6·29 선언을 받아내고 잠시 안심하나 했더니 서울 집회에 갔다가 덜컥 연행이 되었고 죄다 풀려 나왔는데 남편과 두 명만 장안평으로 끌려갔다는 거다. 이번에는 정말 겁이 났다.

'대공분실이라니? 박종철이 죽은 곳이 바로 대공분실 아닌가?'

얼마 전만 해도 대공 사건으로 엮어 놓으면 무기징역도 가벼웠던 시국이었다. 도대체 왜 최교진만 따로 대공분실로 데려갔는지 아무리 머리를 굴려도 알 수 없었다.

학교에 병가를 내고 서울로 올라갔다. 서울에는 나처럼 남편들을 감옥에 수시로 보내는 아낙들이 많았다. 그들과 함께 장안평으로 몰려가서 무겁게 닫힌 철문 밖에서 철문이 부서

복역했던 서대문형무소를 다시 찾은 최교진

저라 두드려대고 소리소리 질렀다.

"석방하라! 석방하라! 석방하라!"

시국이 바뀌긴 바뀌었다. 도무지 열릴 것 같지 않던 철문이 열리고 꽤 높은 직급의 인사가 나왔다.

"간단하게 조사하고 돌려보낼 테니 이만 돌아가세요."

"사람 죽이는 대공분실에 해직교사 복직시키라는 사람을 왜 데려왔어?"

"정권이 바뀌면 너희들 다 죽는 거야!"

어디서 그런 용기가 났는지, 저 건물 안 깊은 어딘가에 있는 남편이 내 목소리를 들으라고 그래서 힘내라고 소리 지르고 또 질러댔다. 또 박종철이 죽어간 지하실에서 모진 고문을 받고 있을지도 모른다 생각하니 눈에 보이는 게 없었다.

그 인사가 화가 났는지 다 내쫓으라고 하니 우리를 봉고차에 처넣고 어디론가 달려가 버려 놓았다. 서울 지리를 하나도 모르는 나는 그곳이 어딘지 몰랐는데 난지도 쓰레기장이었다. 우리를 쓰레기 버리듯 버려 놓은 거다. 그 실랑이 속에 발을 다쳤고 다음날 절뚝이며 학교에 가서 어제 다쳐서 결근했다고 동료 교사들에게 얘기했다. 남편이 대공분실에 갇혀 있다고는 말할 수 없었다.

다행히 남편은 집회 및 시위에 관한 법률 위반으로 서대문

형무소에서 재판을 받게 되었다. 출근을 해야 해서 면회를
자주 갈 수 없었는데, 한 번은 면회를 갔더니 다리에 깁스를
하고 목발을 짚고 나왔다. 고문을 받은 줄 알고 깜짝 놀랐는
데 계단에서 넘어져 다쳤다는 거다. 집행유예 선고를 받았
다. 형무소 앞에서 나오기를 기다리는데 오랜 시간이 지나도
나오지 않아 알아봤더니 서대문형무소가 과천으로 이사하는
중이었다. 남편의 물품이 이미 과천으로 옮겨져 있어서 다시
과천에서 찾아오느라고 늦어지고 있다는 거다. 남편은 서대
문형무소에서 가장 마지막에 출소하는 기록을 갖게 되었다.

두 번째 학교 강경여중 그리고
전국교직원노동조합

1988년 노태우 대통령이 취임하고 해직교사들의 복직이 이루어졌다. 그런데 서울이나 경기도 등 다른 지역 해직교사들은 3월에 복직이 되었는데 충남은 가장 늦게야 발령을 냈다. 국립사대 졸업생은 의무발령을 받고 4년 의무 복무를 해야 하는데 4년을 채우기 전에 해직된 남편과 조재도 선생은 교원자격을 박탈시켜 바로 할 수가 없다는 것이다. 결국 교육부에서 교원자격증을 새로 발급하고 나서 7월 말에 복직 발령이 났다. 강경여중에 발령을 받은 날이 마침 여름방학 시작하는 날이라서 결국 학교는 8월 말 개학하고 갈 수 있었다. 어쨌든 만 4년 만에 다시 아이들 곁으로 돌아가는 남편은 설레고 기뻐했고, 우리 가족 모두 환영하고 기뻐했다. 특히 어머님이 아들, 며느리가 나란히 학교로 출근하는 모습을 보게 됐다고 즐거워하셨다. 회덕에서 도마동으로 집도 이사를 해서 도마동 정류장에서 매일 남편과 함께 버스를 타고 논산까지 가서 강경과 석성으로 가는 차를 갈아타는 출근을 하게 되었다. 남편 어깨에 기대어 잠들며 논산까지 가는 시간이 늘 짧고 아쉬웠다. 그러나 퇴근은 따로 해야 했다. 1988년 결성한 '전국교사협의회'의 투쟁국장 일을 맡은 남편은 장항 정의여고 학내민주화 투쟁을 비롯한 현장을 찾아 함께 해야 해서 늘 밤늦게야 집에 들어왔다.

게다가 1989년 교직원 노동조합을 만들기로 1월 대의원대회 결정이 된 뒤로 남편은 수업 마치면 충남의 각 시군을 찾아다니며 선생님들에게 교원노조의 필요성을 설명하고 다니느라 집에 들어오지 못하는 날이 많았다. 그리고 5월 28일 연세대에서 '전국교직원노동조합'이 결성되었고, 충남은 6월 11일 지부결성대회를 했다. 전교조 결성 후 김지철 선생님이 가장 먼저 구속되어 남편이 부지부장으로 책임지고 결성대회를 치러야 했다. 혹시 경찰의 방해로 대회가 무산될 경우를 대비해서 나는 김창태 선생을 비롯한 소수 인원과 '대전민교협' 사무실에서 초조하게 대기해야 해서 공주사대에서 진행한 지부결성대회에는 가보지 못했다. 지부결성대회를 치르면 남편은 책임을 지고 당연히 구속되어야 한다는 것을 알고 있었지만 난 그저 예정대로 대회가 잘 치러지기만 기도하고 있었다. 다행히 지부결성대회는 잘 끝났고 남편에게는 사전구속영장이 발부되어 집에도 오지 못하고 13일 수업을 마친 직후 연행되어 구속되었다.

노태우 정권은 전교조에 가입하는 교사들을 모조리 파면시키겠다고 으름장을 놓았고 또 그 으름장을 실천하듯 1,500여 명의 '맑은 눈 스승'들을 단두대에 몰아넣었다. 무시무시했다.

전교조 조합원들은 전교조를 지키기 위해 죽을힘을 다해 싸웠다. 불안한 앞날로 인한 자신과의 싸움도 치열했지만, 가족들의 회유를 이겨내는 일은 쉽지 않았다. 어머니의 눈물, 아내의 애원 등 전교조를 탈퇴하지 않을 수 없는 온갖 방법이 동원되었다.

우리 가족 중에는 남편이 가는 길에 반대하는 사람이 없었다. 그가 학교에서 쫓겨나거나 감옥에 들어가도 주변 사람들 모두가 그의 선택과 결정을 존중해주었다. 어머니는 물론 누이들, 장인, 장모와 내 친정 식구들 모두가 그의 행보를 격려하며 차분히 지켜봤다. 민이와 원이 두 딸 역시 아버지의 삶을 자랑스러워하며 상처 없이 성장했으니 그게 시국의 파

1989년 최교진의 대전역 시위와 최교진 교사 석방대회

도와 맞서 싸우는 자양분이 되었을 것이다. 어머니도 이미 오래전부터 아들이 가는 길을 지켜봐 왔기 때문에 가슴 에이는 아픔이 있지만 내색하지 않았다.

그런데 동향이어서 아버님과 호형호제했던 도교육청 인사 담당 장학관이 집으로 찾아왔다. 지금이라도 전교조 포기 각서 쓰도록 어머님이 종용하라는 것이다.

"형수님. 지금이라도 전교조만 포기하면 아드님이 금세 나올 수 있어요. 복직도 제가 책임집니다."

"글쎄요. 아들 걱정해주는 건 고마운데 아들이 애도 아니고, 내가 뭐라고 할 수가 없네요. 우리 아들이 감옥 갈 것을 알면서도 그 일을 했다면 꼭 해야 하는 일이겠지요. 교육청 일도 바쁠 텐데 다신 오지 마세요."

어머님은 단호하게 거절하였다.

서울 사는 고등학교 친구들도 친구가 구속되었다는 소식을 듣고 강경으로 내려와 면회를 하고 대전에 계시는 어머니를 찾아 인사를 드렸다.

"복직한 지 얼마나 되었다고 또 구속되고 해직된대요? 이제 그만 아이들 가르치며 편하게 살라고 하세요. 전교조 포기 각서를 쓰기만 하면 바로 풀려나고 복직도 된다는데, 어머니, 그만 포기 각서 쓰라고 하세요."

"누군가 감옥에 가야 한다면 가본 놈이 가는 게 낫겠지."

눈에 넣어도 아프지 않을 금쪽같은 아들이 감옥에 들어가 있는데 어머니 속이 오죽했을까. 누구보다 간절하게 아들이 포기 각서를 쓰고 나오기를 바랐지만 그것을 다 삼키고 아들을 믿고 그 뜻을 따르려는 어머니는 정말 아들을 옳게 사랑하셨다.

구속된 후 사흘 째 되던 날 어머님과 두 딸을 데리고 강경 경찰서 대용 감방에 구속되어 있는 남편 면회를 갔다. 어머님이 왔다고 특별히 면회소가 아닌 사무실에서 면회하게 했는데 그가 수갑을 찬 채 나왔다. 어머니와 두 딸에게 인사를 하기도 전에 경찰관에게 화를 냈다. 어머니도 계시고 어린 딸들도 보고 있는데 꼭 수갑을 채워야겠냐고. 경찰관도 아무 말없이 수갑을 풀어 주었다.

남편은 전교조 결성을 위해 밤낮으로 뛰어다닐 때보다 오히려 얼굴도 좋아지고 편해 보여서 어머니는 한시름 놓으셨다. 그날 이후 별다른 걱정 없이 손녀들의 뒷바라지와 살림에 몰두하셨다. 남은 가족 모두 조바심하지 않고 밝은 표정으로 저마다의 일상을 유지할 수 있어서 다행이었다.

이제 초등학교 상급 학년으로 성장하는 두 딸 민이와 원이도 번갈아가며 감옥에 있는 아버지께 편지를 보냈다.

아빠! 장학관 선생님께서 집에 오셔서 할머니께 하시는 말씀을 들었어요. 지금이라도 포기각서를 쓰면 바로 나올 수 있고 학교도 갈 수 있다고 하셨어요. 저도 아빠가 우리와 함께 있는 게 좋지만, 아빠가 하는 일이 옳은 일이고 또 해야 하는 일이면 포기각서를 쓰지 않아도 괜찮아요. 할머니, 엄마, 원이 모두 아빠를 응원해요. 아빠! 건강하세요.

큰딸 민이가

우리 담임선생님께서 아빠를 존경하신다고 했어요. 아빠는 옳은 일을 하고 계시고, 선생님도 하고 싶지만 아빠보다 용기가 없어서 못하는 거래요. 언니하고 저는 아빠가 자랑스러워요. 아빠가 나오실 때까지 할머니 말씀 잘 듣고 언니랑 사이좋게 지낼게요. 아빠! 힘내세요.

사랑하는 작은딸 원이가

의지가 굳은 큰딸 민이

눈빛이 이슬처럼 아름다운 딸만 둘이니 그게 하느님의 축복이다. 그리고 남편이 직장생활을 거의 하지 못했으므로 경제적 책임은 내 몫이었다. 그만큼 쪼들렸다. 단 한 번도 힘든 내색을 하지 않았으나 항상 절약이란 단어를 몸에 달고 살아야 했다. 궁색한 티를 안 보이려는 표정 관리와 두 아이를 키우기 위한 경제력 사이에서 저울추 같은 균형을 잡아야 했다.

혹자는 딸들을 의대, 음대를 보낸 걸 보며,

'남편이 돈을 못 벌어도 물려받은 게 많은가 보다.'

그렇게 뒤에서 수군거렸다는데, 첫 월급부터 시아버지 빚을 갚았다. 민이는 과외 한번 없이 혼자 복습 위주로 공부했고 원이 역시 거의 무료로 피아노 레슨을 받았다.

민이가 여섯 살 때 집안 사정이 어려워 유치원을 포기시킬 땐 짐짓 동생 원이 핑계를 댔다.

"네가 유치원에 가면 원이 혼자 너무 심심하니 집에서 함께 놀아줘야지."

민이가 고개를 끄떡여줘서

'유치원에 가야 사회성도 생길 텐데.'

그런 속마음은 꾸욱 감춰두었다. 그래도 두 딸들은 창작동화 2인극도 꾸미면서 무럭무럭 잘 성장해주었다.

초등학교 2학년 때인가. 시간을 쪼개 민이네 교실 학부모 모임에 갔더니 마침 오락 시간이었다. 나는 조금 늦게 들어갔는데 학부형들이

"어머나! 쟤 참 사회를 잘 보네? 누구지?"

"반장 민이에요. 똑소리 나지요?"

다행이었다. 비록 유치원을 다니지는 못했지만 내 딸이 불리한 환경 속에서도 씩씩하게 자라고 있다고 생각하니 마음이 놓였다. 또 있다. 전교에서 여자 반장은 민이 하나뿐이었다. 사회성이 꼭 어렸을 때 많은 친구들과 지내야만 하는 것은 아닌가 보다.

중학교 3학년에 올라간 후 얼마 되지 않아,

"엄마! 며칠 후에 영재반 뽑는 시험 본대요."

"그래? 너는 쉽게 뽑히겠지?"

"아니에요. 문제가 고등학교 입시 수준이에요. 나는 선수학습을 하지 않아서 풀기 힘들어요."

"정말? 한번 봐봐. 떨어지면 말지, 뭐."

걱정이 되긴 했지만 설마 떨어질까 싶었다. 민이는 전교 1등을 하고 있었다. 민이 걱정대로 간신히 영재반에 뽑혔다.

"엄마, 저는 이제 영재반 안 나갈래요. 아무 도움이 안돼요."

"왜?"

"……."

영재반 수업이 선수학습을 하지 않은 민이에게는 도무지 따라갈 수가 없었다. 예를 들어 수학 선생님이 학생들을 쫘악 훑어보며

"1쪽 2쪽에서 모르는 문제 있으면 질문해."

아이들이 선행학습으로 이미 다 배운 내용이어서 질문이 없었고 그러면 선생님은 그대로 다음 쪽으로 넘어갔다. 그 다음엔

"자, 7, 8쪽에서 모르는 문제 있으면 질문해."

"……."

"넘어갈까? 아, 7쪽 3번 문제는 이런 거 명심해야 해."

더러는 자신이 없는 아이들까지 눈치를 보며 질문을 못했다. 그러나

"없으면 통과."

그런 식으로 일사천리 진행을 하니 그 스피드를 따라잡을 수도 없고 출석의 의미도 없다는 것이다. 나는 마음이 안타까웠지만,

"그럼 가지 마. 민아, 지금처럼 천천히 따라가면 언젠가는 다 만나게 되어 있어. 괜찮지?"

"네."

나는 군이 교육과정을 앞서 배우는 것에 동의하지 않는다. 특히 수학은 자신의 학년에 맞는 수준도 어려운데 그보다 어려운 과정을 미리 당겨 하느라 더 많은 힘을 쏟을 필요가 없다. 결국 고3 말이 되면 선수학습을 하든 안하든 결승선은 같으니까.

민이를 과학고에 보내지 않았다. 혹여 민이가 우월감을 갖게 될까봐 염려되었다. 본인도 엄마 아빠 의견에 동의했다.

"민아, 엄마 아빠는 네가 평범한 친구들과 우정을 쌓으며 살길 바래."

민이가 서울대 의대에 합격했을 때 주변의 모든 벗들이 자

기네 일처럼 기뻐해주었다.

민이는 의예과를 마치고 본과에 진급할 때 학교를 그만두었다.

"어머니, 환자를 고칠 의사는 얼마든지 있지만 잘못된 사회를 고칠 사람은 많지 않아요. 저는 그 일을 하겠어요."

민이가 원하는 게 뭔지 알았지만 우리 부부는 대한민국에서 고졸로 살아간다는 게 얼마나 어려운 일인지 잘 알기 때문에 반대했다.

"일단 의사가 된 후에 네 뜻을 펴보렴."

하지만 끝내 자신의 뜻대로 자퇴를 했다. 민이는 8년 동안 사회변혁을 위한 일을 하다가 다시 복학한 후 의대를 졸업했다. 나름 진보적인 생각을 하는 현장 사람들 속에서도 고졸의 능력은 인정받지 못했다. 그러나 그 8년 세월도 민이에게는 훌륭한 교육의 장이었다고 생각한다.

전문의 과정은 가톨릭의대에서 직업환경의학과를 선택했다. 그 전문의 과정을 마친 후 병원을 떠나 '한국노동안전보건연구소'라는 긴 이름의 사회운동단체에서 상임활동가로 일하기 시작했다. 서울 시내버스 기사들의 노동 실태를 조사해 발표하기도 했고 특성화고등학교의 실습장 실태와 현장실습이라는 이름으로 자행되는 문제점을 조사하기도 했고 삼성

대천여중 근무시절 두 딸 민이와 원이

반도체 노동자의 건강과 인권 지킴이 '반올림'과도 연대하고 있다. 위대한 의사 노먼 베쑨과 같은 의사가 되겠노라고 했던 처음 약속을 잊지 않고 자신이 배운 것을 꼭 필요한 곳에서 나누는 딸이 자랑스럽다.

정이 많은 작은딸 원이

둘째딸 원이는 꾸준한 스타일이다.

원래 피아노 전공을 꿈꿨던 건 아닌데 다행히 원이가 클 때쯤엔 집안 형편이 어느 정도는 피어 동네 학원 정도는 보낼 형편이 되었다. 그러다가 6학년 때 처음으로 피아노 대회를 출전했는데 심사위원의 칭찬으로 탄력을 받게 되었다.

중2 때 피아노를 하기로 결정하고 교회 성가대 반주도 맡았다. 그 후 찬송가 부를 때마다 원이는 반주 역할에 최선을 다했다. 그러나 성적이 뚜렷하게 오르는 건 아니었다. 일반계 고등학교로 진학하면서 피아노를 연습할 물리적 환경도 부족했다. 원이가 고2 때 윤영규 선생님 소개로 서울대 피아노과 교수님을 만난 적이 있다. 교수님은 원이의 피아노 연

주를 듣더니

"수학으로 치면 미적분해야 하는데 사칙연산도 제대로 못하는 수준이네."

"……."

"음악을 하는 게 참 어려운 일이야. 나도 아들이 셋 있는데 아무도 음악을 안 시켰어."

"……."

"피아노는 70~80세가 되어도 공부를 해야 하는데 그럴 만큼 피아노를 치고 싶으면 해봐."

원이는 주저 없이 고개를 끄떡였다. 대전으로 내려가는 열차에서 딸의 눈치를 살폈는데 다행히도 원이는 씩씩했다.

크게 실망한 것 같지도 않았다.

"어차피 세계적인 피아니스트가 될 천재는 아니잖아? 평생 피아노 학원이라도 하면서 즐겁게 살면 좋지, 뭐."

"엄마! 끝까지 하는 사람이 남는대."

하고 얘기했다. 씩씩한 딸이 정말 고마웠다.

그러나 막상 원이를 데리고 서울로 실기 시험을 보러 가서야 '무식하면 용감하다'는 말이 실감났다. 만약 예술대학에 보내기 위해서 부모들이 어떻게 하는지 혹은 어느 정도 재정적 뒷받침이 필요한지 알았더라면 결코 딸에게 음악을 하라고 권할 수 없었을 거다. 서울에 있는 대학에는 물론 합격하지 못하고, 충남대학교에 입학했다.

장학금을 받았고 또 아르바이트를 많이 해서 대학 다니는 동안 별 돈이 들지 않았다.

대학 3학년 겨울, 졸업한 후 독일로 유학을 가겠다고 했다. 독일은 학비가 없어서 보낼 수 있었다.

한 학기 동안 어학원을 다니고 열 개나 되는 대학에 원서를 냈는데 다 떨어지고 열 번째 칼스루에 음대에 합격했다. 원이를 뽑아준 교수님은 전혀 다듬어지지 않은 야생마 같아서 뽑았다고 하셨단다. 2년 디플롬 과정을 졸업하고 엑자멘 과정 시험을 봤으나 떨어졌다.

그때, 칼스루에 오페라 극장 합창단원으로 있는 선배 언니가 리트 반주를 공부해 보라고 권해서 만하임 음대 리트 디플롬 과정을 이수하였으며, 리트를 공부하면서 성악 코치를 해야겠다는 생각이 들어 다시 만하임 음대에서 성악 코치 과정 디플롬을 졸업했다. 졸업과 동시에 에어푸르트 오페라 극장에 취직이 되었을 때 참 기뻤다. 그 후 슈투트가르트 극장으로 자리를 옮겼다가 바이마르 프란츠리스트 국립음대 교수로 재직 중이다.

내 권리를 주장한 석성중학교

　그때 나는 석성중학교에서 근무하고 있었다. 석성중학교 남학생 반 담임이었는데 아이들이 참 착했다. 학교가 조용하고 깨끗하고 성적도 매우 좋았다. 홍산중학교에 비해 학생수도 적었기 때문에 참 안정감 있어 보였다. 그러나 그것이 교감의 놀라운 통제로 이루어지는 것을 곧 깨달았다. 홍산중학교 아이들은 중학생답게 맘껏 뛰어 놀았다. 그래서 시끄럽기도 하고 다치는 애들도 많았고 어수선했다. 그러나 석성중학교는 한 시간 일찍 등교하게 해서 자습을 시키고 쉬는 시간이나 점심시간에도 마음대로 나가 놀지 못하도록 했다. 교무실도 숨 막히도록 조용했다. 교장 교감의 지시에 모두가 순종했고 제 시간에 출퇴근하는 선생님이 없었다. 나는 제일 늦게 출근하고 가장 먼저 퇴근하는 것으로 내 권리를 주장하기 시작했다. 전교조에 대한 논문을 써서 교총에서 상을 받았다는 교감은 끝내 그 논문을 내게 보여주지 않았다. 전교조 집회가 대전에서 열리면 우리 학교 교사 누가 참석했나 매눈을 뜨고 찾아봤으며, 나한테 직접 싸움을 걸지는 않고 애매한 후배 여교사들을 닦달했다. 후에 그 교감은 교장이 되었는데 노인을 치고 뺑소니를 하고 카센터에서 증거를 지운 것이 들통이 나서 파면이 되었다.

석성중학교 제자들

전교조 결성과 구속 그리고 유치장 종례

전교조 결성 직후 그가 강경경찰서로 끌려갔다.

석성과 강경은 이웃하고 있어서 면회를 자주 갔다. 잡범들과 같이 있어서 간식을 넣어주려면 모두 나눠먹을 수 있을 만큼 넣어주어야 했다. 치킨이나 빵을 주로 넣어주었고 사식을 먹을 수 있도록 신청해 주었다.

강경경찰서에 있는 내내 여중생들이 유치장에 찾아왔다. 특히 담임반 아이들은 아예 날마다 찾아왔으므로 철창 종례가 하굣길 코스가 되었다. 단발머리 소녀들이 스승을 만나기 위해 오그르르 대기실에 모여 있으면 다른 면회객들이 갸우뚱하며

"애들아, 너희들은 학생인데 유치장에 웬 일이냐?"

오히려 학생들이 씩씩하게

"선생님께서 종례를 해야 집에 가죠. 우리 종례 시간이에요."

으쓱하며 대답해서 감동스러웠다. 철창 속의 선생님을 만나면

"선생님 빨리 나와서 교실 종례 해주세요."

눈물 흘리는 아이들도 있고 더러는 천진스럽게

"선생님 제 짝궁 명순이가 먼저 잘못을 해놓고 화해를 안해요."

고자질하는 철부지 아이가 있는가 하면

"선생님! 오늘 학생주임 선생님이 최교진 선생님은 월급을 올려달라고 하다가 짤린 거래요. 맞아요? 아니죠?"

"선생님의 감옥 종례는 영원히 잊지 못할 가르침이 될 거예요. 내가 어른이 되면 오늘의 모습을 꼭 책으로 남길 거예요."

더러는 어금니 깨물며 눈물을 삼키는 아이들도 있었다.

그의 선고 재판 일에 전교조 충남지부 조합원과 그 가족들, 대전에서 함께 민주화운동을 하는 동지들 등 참 많은 사람들이 함께 했다. 많은 양심수들이 재판에서 최후 진술을 통해 권력을 향해 하고 싶은 말을 소신껏 했다. 남편은 어떻

1989년 최교진의 재판

게 최후 진술을 준비했을까?

그의 법정 최후 진술이 방청객 모두를 감동시켰다. 그는 집회에서 선동 연설을 할 때와는 전혀 다른 모습으로 차분하게 자신의 심정을 이야기했다. 내용은 전교조 창립의 타당성과 해직과 구속의 부당성을 역설하는 게 아니었다. '행복은 성적순이 아니잖아요.' 항변하며 죽어가는 아이들을 어른들이, 교사들이 어찌 해야 하는 지를 물었다. 방청석은 물론 법원 관계자들까지 숨소리를 죽이고 그의 이야기를 들었다.

"아이들을 위해 바른 교육, 참교육을 하는 것이 죄라면 죄인이고자 합니다."

최후 진술을 마치자 판사의 제지에도 불구하고 모두 벌떡 일어서서 우레와 같은 박수를 쏟아내었다. 재판이 끝나고 강경경찰서 앞 도로에서 항의 집회를 했다. 남편은 비록 힘든 길을 가고 있지만 결코 외롭지 않아서 행복했다.

그렇게 남편을 감옥에 보내고 학교에 가는 생활에 익숙해졌다. 빵잡이의 아내는 기죽지도 말아야 하고 반대로 특별한 티도 내지 말아야 한다. 웬만한 일은 양보해야 하지만 그렇다고 양보한 티도 내지 말아야 한다. 그리고 절대로 울지 말아야 한다. 그저 묵묵히 아이들을 가르치고 업무처리를 마치고 저무는 퇴근길을 서둘러야 했다.

이때 제자들 중에 연경이와 은경이를 최근에 만났다. 몇 개월 가르치지 못한 제자인데도 당시 선생님을 생생하게 기억하고 있었다.

"선생님께서 마지막으로 저희들 보고 가시려고 학교에 오셨을 때 나가서 '안녕히 가시라'고 인사마저 못했던 겁쟁이였어요. 그게 늘 죄송하고 부끄러웠어요."

"아니야. 기억해줘서 고마워. 선생인 내가 어린 너희들에게 깊은 상처를 주어서 언제나 미안해."

26년 만에 만난 스승과 제자는 그렇게 해원을 했다.

남편은 징역 1년에 집행유예 2년 선고를 받고 풀려나왔다.

1990년부터 충남지부장을 맡았는데 사무실은 온양이나 천안에 있었다. 정상적인 직장이라면 피곤하긴 해도 대전에서 출퇴근이 가능하지만 주로 선생님들 퇴근 후에 각 시군을 돌며 모임을 해야 해서 거의 집에 들어오지 못했다. 게다가 주말에 전국 회의나 집회가 열려 집에는 평일 밤 늦게 들르는 게 전부였다. 그러니 아이들이나 어머니는 늘 아빠나 아들을 보고 싶어 했고 나는 보고 싶다는 표시도 할 수 없었다. 남편은 충남과 서울을 오가며 맡은 일에 최선을 다하는 모습이었다. 가끔 전교조와 관련한 기쁜 소식을 들으면 좋고, 속상한 이야기 들으면 마음이 아팠다.

긴 해직교사 생활, 재야운동의 중심에서

1992년 전교조는 처음으로 위원장을 경선으로 뽑게 됐고 이영희 위원장과 런닝메이트로 출마했다. 평소 지부장들 가운데 가장 가깝게 지낸다고 알고 있는 박순보 선생님이 상대편 위원장 후보로 맞대결을 한다는 것이 마음 아팠다. 선거는 남편이 승리해서 수석부위원장이 되었고 서울생활을 하게 되었다. 전교조에서 처음 치른 경선이라 조직의 단결을 위해 본부 집행부를 구성하는데 철저히 양쪽 후보 진영이 추천한 인사를 고르게 배치하는데 신경을 썼다는 말이 고맙고 공감이 갔다.

'충남민청' 활동으로 재야인사들과 친분이 있던 남편은 충남에 있을 때도 전체 운동에서 역할을 요구받고는 했는데 수

석부위원장으로 서울에 가게 되니 전교조 밖의 일도 많이 하게 되는 것 같았다. '전대협, 전교조, 전농, 전청협, 전빈련, 전노협' 등 부문 대중운동이 모여 새롭게 만드는 전국연합 결성에 과거 '충남민청' 후배들과 함께 역할을 하게 되었다. 이후 전국연합의 대통령 선거 방침이 비판적 지지 입장으로 결정되었다.

그러나 다른 주장을 하는 동지들에게 많은 원망을 듣고 힘들어하는 모습을 볼 때는 안타깝기도 했다. 남편은 '우리 선생님들이나 조합원들 대부분이 김대중 후보를 지지하고 정권교체를 원하고 있다. 그런데 민중후보를 독자적으로 출마시켜 지지해야 한다는 것은 대중조직이 취해서는 안 된다.'

독일에서의 전교조 참교육 설명회

고 생각했다. 그러나 생각이 다른 동지들과 사이가 멀어지는 것을 안타까워했다. 3당 합당으로 거대해진 민자당 김영삼 후보에 맞선 김대중 후보는 전국 농민, 노동자, 민중들의 헌신적 노력이 있었지만 결국 패배하고 말았다. 선거 뒤 영국으로 떠나는 김대중 후보와 송별 만찬을 하고 나서도 많이 힘들어 하던 모습이 애처로워 보였다.

수석부위원장으로 당선된 직후 어머님이 세상을 떠나셨다. 충남대병원 장례식장에 빈소를 차렸다. 전국에서 해직교사들을 비롯한 수많은 동지들이 와서 함께 어머님 빈소를 지켰다. 외아들이었지만 어머님에게는 정말 많은 아들들이 있어서 멀리 보내드리는 길이 외롭지 않았다. 당시 충남대병원 영안실은 빈소가 다섯 개였고 접객실도 매우 좁았는데 마침 어머님 장례 기간 동안에는 빈소가 다 비어있어서 우리가 전부 사용할 수 있었다. 어머님을 안치하려고 고향엘 가니 조문하지 못한 고향 사람들이 다 나와서 기다리고 있었다. 상여로 모셔야 한다고 해서 큰길에서 장지까지 상여 타고 가셨다. 향년 65세. 어머님은 지금 살아계셔도 90세이시다.

1993년 전교조 본부에서 교육국장 일을 한다고 하더니 문익환 목사님 요청으로 '통일맞이 칠천만 겨레모임' 준비위원회 집행위원장을 하게 되었다고 했다. 평소에 늘 통일 운동에 관심이 많고 문익환 목사님을 존경한 사람이라 잘 됐다고 생각했다. 실제 남편은 집에 오면 문익환 목사님께 받은 감동을 자랑하는 일이 많았는데 그때 참 행복해 보였다. 1994년 1월 문 목사님 돌아가신 뒤에도 남아 '통일맞이' 창립대회까지 마친 뒤 충남으로 내려왔다.

그러는 중에 해직교사가 복직하게 되었는데 충남에서는 모여서 전원 복직하기로 이미 결정을 한 뒤였다. 그러나 누군가는 남아서 지부 일을 해야 했다. 이번에도 남편이 남기로 했다는 소리를 들었을 때, 아무렇지도 않게 받아들일 수는 없었다. 누구라고 할 수는 없지만 서운했다. '늘 형이야?' 하는 원망이 있었다. 그러나 남편에게 내색할 수는 없었다. 민주화운동, 통일 운동으로 자꾸만 운동권이 되어 갔지만 남편이 늘 학교로 아이들 곁으로 돌아가고 싶어 하는 것을 누구보다 잘 알고 있었기 때문이다.

"그게 바로 당신의 자리이지요. 모두가 맡기 힘들어하고 싫어하는 자리가 바로 당신의 자리랍니다."

남편에게 힘이 되어주고 싶었다. 남편 앞에 해직교사의 길은 끝이 보이지 않았다.

1997년 대한민국 최초로 정권교체를 이루고 김대중 대통령이 당선되었다. 그러나 그는 조직 방침에 따라 '국민승리

21' 대전충남 위원장으로 권영길 후보 당선을 위해 충남 전역을 돌며 유세활동을 벌여야 했다. 피곤할 텐데 최선을 다했다. 그리고 나는 남편에게 미안하지만 김대중을 찍었다. 김대중 당선 소식에 안도하던 표정이 생생하다.

김대중 후보가 당선되면서 쿠데타의 주역이었던 두 대통령들이 감옥에 들어갔고 전교조가 합법화되어 마침내 10여 년 만에 그가 다시 교단에 돌아왔다.

1998년 10월 작은딸 원이 고3일 때 충남 부여의 세도중학교에 복직을 했다. 첫 해직된 1984년 큰딸 민이가 초등학교 입학 전이었으니 결국 우리 두 딸은 모두 초중고 12년 동안 아빠 직업이 해직교사라고 생활기록부에 쓰고 지나온 셈이다. 남편이 복직할 때는 방송국 카메라 기자들이 따라왔을 정도로 매스컴의 조명을 받았지만 그 세도중학교가 그로서는 마지막 교단이 되었다.

세 번째 학교 세도중학교

　세도는 방울토마토 비닐하우스 농사를 많이 하는 곳이다. 부모님들은 농사일을 끝내고 밤늦게야 집으로 돌아왔다. 세도에 사는 교사는 한 명도 없었고 퇴근하면서 학교 문은 굳게 잠겼다. 하교 후에 강경으로 학원에 가는 몇 명을 제외하고 대부분의 아이들은 방치되어 오락실 등을 떠돌며 시간을 버리고 때로는 문제를 일으키기도 했다. 남편은 아이들을 버려두어서는 안 되겠다고 생각하고 세도로 이사 가자고 했다. 당시 나는 강경고등학교에 근무하고 있었기 때문에 흔쾌히 동의하고 세도중학교 앞에 방을 얻어 주중에는 세도에서 생활했다. 남편은 교장 선생님의 허락을 얻어 급식실에서 자율학습을 지도했다. 정말 말 그대로 자율학습이었다. 책을 읽든, 교과 공부를 하든, 숙제를 하든, 그림을 그리든, 다른 사람을 방해하지 않으면 되었다. 오고 가는 시간도 자유였다. 마침 점심시간 급식 도우미로 일하던 어머니께서 실비로 저녁을 해주겠다고 했다. 아이들은 정성껏 준비하신 저녁을 먹고 급식실에서 자유롭게 지내다 집으로 돌아갔다. 몇 명은 학교에 있다가 가고 싶은데 늦게 다니는 버스가 없다고 해서 내가 승용차로 태워다 주었다. 이 이야기가 전해지자, 다른 학교에서 교장들이 야간 자율학습을 종용하면서 '최교진 선생도 야간 자습을 지도하는데 왜 못하느냐'고 한다며 전교조 후배들이 항의를 해왔다. 어처구니가 없었다. 후배들이 뭐라 하든지 남편은 아이들을 위한 일을 멈추지 않았다. 학부모들도 여러 가지 상담을 해왔다. 밤늦게 술잔을 기울이며 가정 이야기, 농사 이야기, 자식 이야기 등을 나눴다. 세도중학교에서 마지막 해직을 하고 난 후에도 오래도록 학부모들과 전화 상담을 하기도 했다. 세 번째 해직될 때는 그래서 외롭지 않았다. 학부모들이 해직을 반대하는 청원서에 100퍼센트 서명을 해준 것이다. 참 고마운 일이다.

1999년 전교조가 합법화 되었다. 그동안 후원회원으로 있던 교사들, 짐짓 모르는 체했던 교사들이 대거 조합에 가입하였다. 남편은 위원장 선거에 출마했다. 그리고 패배했다.

2000년 합법 전교조를 이끄는 지도부는 단체교섭 시작도 하지 못하자 남편에게 도와달라고 요청했다. 고민을 많이 하다가 승낙하고 교섭담당 부위원장을 맡아 단체교섭을 진행했고, 전교조 창립 이후 최초로 교육부장관과 전교조 위원장의 단체교섭을 이끌어내기도 했다. 그러나 예산에 단 하나도 반영하지 않아 민주당사 항의 농성을 하게 되었고 결국 그 사건으로 기소되어 위원장, 정진후 사무처장과 함께 2003년 파면되어 세 번째 해직되고 다시는 학교로 돌아가지 못했다.

대전참여자치시민연대 상임의장에 피선되었다.

세 번째 해직, 그래도 해야 할 일은 많다

노무현 당선 이후 세 번째 해직된 그는 시민운동에 집중하였다. '대전참여자치시민연대' 상임의장에 회원 투표로 뽑혔다. 어느새 대전충남 지역의 운동권 맏형이 되어있었다. 군부독재 시절 함께 싸워왔던 후배들이 차츰 그에게 정치 운동에서 역할을 해주어야 한다고 종용하기 시작하였다. 국회의원에 출마하라는 권유이다. 하지만 나는 딱 잘랐다.

"반대합니다. 올바른 정치인이 필요하고 제도권의 변화를 위해 정치 운동이 필요한 시대인 건 알겠는데, 지금까지 살아온 곳과 정치판은 너무 달라요. 자칫하면 지금껏 쌓아온 당신 삶이 와르르 무너질지도 몰라요. 정치를 하고 싶은 사람이 참 많은데, 지금까지 언제나 그랬듯 다른 사람들이 하고 싶어 하는 자리는 당신 자리가 아니에요. 아직도 교육, 통일, 시민운동 등 재야에서 할 일이 참 많잖아요?"

남편도 정치 쪽으로 몸을 옮기는 것을 탐탁해 하지 않았다. 일찍 정치에 몸담았던 동지들이 잘 풀린 경우가 드물었고 선거 자금도 감당할 길이 없었다. 특히, 오원진이나 강구철 등 정치 운동을 하던 친구들이 너무 일찍 세상을 떠난 것이 늘 마음에 걸려 있었다. 남편은 이오덕 선생님을 만나러 충주 무너미에 다녀오자고 했다. 이오덕 선생님 조언을 듣고 싶어 했다. 아니, 분명 이오덕 선생님은 반대하실 테니, 후배들에게 거절할 핑계거리로 삼고 싶었다.

남편이 가장 존경하는 선생님 중에 한 분이신 이오덕 선생님은 몸이 편찮으셨지만, 반갑게 맞아주셨고 오랜 시간 이런저런 말씀을 많이 하셨다.

"선생님. 후배들이 국회로 가야 된다고 하는데요. 선생님 생각은 어떠세요?"

"아, 그래요? 아주 좋은 생각이에요. 교육에 대해 아는 사람들이 국회에 있어야 해요. 밖에서 요구만 할 것이 아니라 국회의원이 되어 교육에 관한 법을 뜯어 고쳐야 해요. 나는 최 선생이 출마하는 거 찬성이에요."

남편과 나는 선생님께서 의외로 찬성하신다 해서 놀랐다.

'이게 또 가야 하는 길인가?'

우리는 결심을 굳혔다.

열린우리당 창당에 시민 대표로 참여하게 되고 열린우리당 중앙위원에 당선되었다. 사무실을 마련하고 포럼을 출범했다. 어색한 길이었지만 한 걸음씩 옮겨 놓고 있었다.

그즈음 거대 보수야당이 노무현 대통령을 탄핵 소추하는 초유의 상황이 일어났다. 그러나 시민들이 촛불시위로 저항했고 탄핵 역풍이 불면서 국회의원 선거에서 열린우리당의 압승이 예견되는 것이다. 아닌 게 아니라 대전 지역에서 열린우리당의 당적을 걸고 출마한 후보들은 모두 국회에 입성했다. 그러나 남편은 사면복권이 안 되어 출마를 할 수 없었다. 어쨌든 정치인의 길을 가지 않은 건 고맙고 다행한 일이라 여겼다.

지금도 위로가 필요할 때면 언제나 새로운 힘을 주는 극한의 안나푸르나 트레킹

안나푸르나 트레킹 그리고 새로운 길

2009년 남편은 모든 일을 놓고 쉬고 있었다. 평생을 통틀어 처음 맞는 휴식 기간이었다. 우리 부부는 1월 5일 네팔로 떠났다. 안나푸르나 트레킹! 할 수 있을까 걱정을 하면서도 설레는 마음으로 떠났다. 1975년 대학 제적을 시작으로 닥쳐오는 인생의 거센 파도를 넘고 넘느라 애써온 몸과 마음을 거대한 자연의 품에 안겨 위로받고 싶었다.

1월 7일 드디어 안나푸르나 트레킹 길의 시작점에 섰다. 우리는 잠깐 주의사항을 듣고 히말라야를 걷기 시작했다. 히말라야 트레킹 길은 만만하지 않았다. 평소에 동네 산도 오르내리지 않은 우리로서는 쉽게 갈 수 있는 길이 아니었다. 가쁜 숨을 헐떡이며 급경사 길을 몇백 미터 오르고 다시 내리막. 그 내리막길이 하나도 반갑지 않았다. 또 올라가야 하니까. 몇 개의 봉우리를 오르락내리락했는지 모른다. 때로 평탄한 오솔길도 있었다. 아주 편하고 아늑한 길을 걸을 때면 우리 부부는 정답게 천천히 걸으며 끝없이 이야기를 나누었다. 그 모든 이야기는 '감사'로 끝났다.

언제부터인지 우리 부부는 대원들과 뒤떨어져서 걷고 있었다. 그래도 하나도 겁나거나 조바심나지 않았다. 이때 배운 말이 '비스타리'이다. '천천히!' 이 말은 산행을 하는 동안 내내 '따또 바니(뜨거운 물)'와 함께 가장 많이 사용한 네팔 말이다. 어차피 천천히 갈 수밖에 없는 우리 부부에게 '비스타리'는 정말 고맙고 정다운 말이었다. 지금도 숨이 찰 때는 히말라야와 비스타리를 생각하며 숨을 고른다. 마차푸차레 베이스캠프에서 안나푸르나 베이스캠프까지 한밤중에 걸었다. 8,000미터급 봉우리들이 빙 둘러 내려다보는 눈 덮인 길을 남편은 고산증이 왔음에도 포기하지 않고 걸었다. 엄청난 두통에 시달리면서도 한 발자국 한 발자국 묵묵히 내딛던 모습은 그가 인생을 어찌 살아왔는지 보여주었다. 눈물이 나면서도 자랑스러웠다. 마침 그날은 보름달이 휘영청 밝게 눈밭을 비쳐주었는데 신령스런 달빛이 가득했던 그 길을 다시는 갈 수 없어 아쉽고 그립다. 해발 4,130미터 안나푸르나 베이스

캠프에서, 안나푸르나 남봉이 햇빛을 받아 봉우리 끝에서부터 붉은 기운이 새어나오는 것을 본 감격도 잊지 못한다. 어두워 설산 봉우리 실루엣이 어렴풋한데, 꼭대기에서부터 아주 천천히 붉은빛을 뿜으며 살아나는 모습을 넋을 놓고 바라보았다. 그 강렬한 붉은빛은 가슴 깊이 새겨져 위로가 필요할 때 언제라도 새 힘을 준다.

우리 부부는, 남편이 걸어온 길은 자신의 의지보다는 알지 못하는 힘에 이끌려 왔다고 가끔 이야기한다. 전혀 생각지 않은 일이 우리 앞에 기다리고 있곤 했다. 그 일은 우리가 거절할 수 없는 일이었고 피할 수도 없었다. 매번 앞에 있는 길을 걷고 나면 또 잘했다 싶기도 했다. 언제부턴가 우리는 늘 감사하며 살고 있었다.

세종시로 온 것도 우리가 먼저 결심한 것은 아니다. 세종시에서 노무현 대통령의 뜻을 이루고 싶은 이들이 교육감 출마 이야기를 꺼냈을 때도 그건 우리 몫이 아니라고 생각했다. 그러나 또 그렇게 우리를 이곳으로 당겨온 힘이 있었다. 사실 우리는 당시 연기군에 아무런 연고가 없었다. 우리나라의 고질병이지만, 선거를 하고자 하는데 혈연도 지연도 학연도 없었다. 33년 교직에 있었지만 연기군에서는 근무한 적이 없다. 남편이 그 전에 열린우리당이나 전교조, 농민회 등을 통해 아는 분을 꼽아보니 채 서른 명이 안 되었다. 그런데 선거를 어찌 한다는 건지 참 무모했다.

"형님, 제발 출마를 준비합시다. 결심만 서시면 저희들이 뜁니다."

"지금 자천타천하는 교육감 후보가 열 명이 넘는데 지지할 사람이 없어요."

"나는 출마할 생각이 없어. 찾아보면 마땅한 분이 계시겠지."

"정 출마하실 분이 없으면 나라도 할게."

그게 출마하겠다는 선언이 되었다.

국회의원 선거에 출마하는 것과는 다른 무게로 내게 다가왔다. 그는 늘 학교에서 아이들과 함께 좋은 선생 노릇하며 살고 싶었으나 시국이 가만두지 않았다. 학교에서 쫓겨나 학교 울타리 밖에서 아이들을 그리워했다.

'교육감이 되면 비록 교실에서는 아니지만 그가 평생 하고 싶던 일을 할 수 있겠구나. 아이들이 행복하게 지낼 학교를 만드는 일을 하면서 그도 행복하겠지.'

"여보, 어때요? 당신 교육감 출마하고 싶어요?"

"응. 한번 해보고 싶어."

"그래요. 그럼 한번 해봐요."

"돈도 없는데……."

"할 수 없지 뭐. 내 명퇴금 써요."

2012년 2월 나는 명예퇴직을 할 예정이었다. 퇴직을 하면 1번 국도부터 모든 국도를 따라 여행할 꿈을 꾸고 있었고 2년씩 우리나라 곳곳에서 살아볼까, 고향인 제주도에 가서 살까 궁리를 하고 있었다.

그런데 너무 갑작스럽게 세종시 교육감 선거 출마를 결심하고 조치원에 집을 구하고 2011년 10월 이사를 했다. 지금까지와는 너무 다른 일이어서 난 무엇을 어떻게 해야 하는지 감이 잡히지 않았다. 아직 퇴직한 것이 아니어서 조치원에서 금산하이텍 고등학교까지 출퇴근을 하면서 정신없이 흘러가는 시간에 무감각하게 나를 맡겼다. 겨울방학은 12월 30일 했고 나는 2012년 새해 해맞이 행사부터 선거운동에 나섰다. 모든 게 낯선 연기군에서 첫 일정으로 오봉산 입구에서 아직 캄캄한 때에 최교진 교육감 후보 명함을 돌리면서 뭔가 나에게 맞지 않은 옷을 입은 것 같은 어색함에 자꾸만 목소리가 가라앉았다. 선거 캠프는 대부분 연기군이 아닌 다른 지역에서 일하고 있는 후배들로 꾸려졌다. 잘 아는 후배들이어서 든든하기도 했지만 먼 길을 오가며 봉사하는 게 참 미안했다.

선거에 대해 간단한 브리핑을 받았다. 배우자는 캠프에 관여하지 말라고 했고 선거운동을 즐기면서 하라고 한 이야기가 머릿속에 남았다. 실제로 그 이야기를 마음에 새기고 그저 고마운 마음으로 캠프 식구들을 대했고 캠프 살림에도 일절 신경 쓰지 않았다. 선거가 막바지에 이르면서 좀 예민해져서 실수하기도 했다. 그저 미안할 따름이다. 연고가 없는 우리는 갈 곳도 마땅하지 않았다. 겨우 행사장에 가서 명함을 드리거나 마을회관에 찾아가 인사하는 정도였다. 뜬 구름 잡는 것 같았다. 누구의 제안이었을까? 조치원 신흥사거리에서 매일 아침 인사를 하자고 했다. 영하의 날씨가 계속 되었지만, 후보와 후보 수행원, 배우자 수행원 셋이 하루도 빠짐 없이 신흥사거리 출근 시간을 지켰다. 어쩌다 나도 나가서 서 있었는데 매연과 추위가 장난이 아니었다. 본 선거가 시 작될 때까지 최교진을 쓴 팻말을 목에 걸고 인사하는 일을 거르지 않았다. 시간이 지나가면서 최교진이라는 이름을 기 억하는 분이 많아졌다.

"교육감 후보 최교진 안식구입니다."

명함을 내밀며 인사드리면

"아, 신흥사거리에서 봤어요."

조치원에서 멀리 떨어진 면 지역에 가도 신흥사거리에서 아침 인사하는 최교진을 아는 분들을 많이 만나게 되었고 이

신흥사거리에서 매일 아침 인사를 하는 교육감 후보 최교진

름을 알리는데 큰 역할을 하였다.

본 선거가 시작되자 전국에서 수많은 지인들이 조치원으로 찾아들어 선거운동을 도왔다. 초대 교육감 선거는 총선일에 같이 치러졌다. 다른 시도에서는 교육감 선거가 없어서 전국 각지 많은 벗들이 그야말로 구름처럼 몰려와 대가 없는 지지를 쏟아부었다. 아르바이트를 하는 선거운동원들도 정성껏 선거운동을 했다. 조치원에 지인이 있는 분들이 전국에서 최 교진을 꼭 찍어달라는 전화를 했다. 분위기가 많이 좋아졌고 1위 후보를 바싹 추격하고 있음을 확실히 느낄 수 있었다. 그러나 우리는 1,200여 표 차이로 패배했다.

초대 교육감에 당선된 분은 연기군에서 나고 자랐고 40년 넘게 교직 생활을 하셨으며 연기군 교육장을 지내기도 했으니 겨우 30명 알았던 우리로서는 엄청나게 선전한 것이다. 함께 온 힘을 쏟았던 동지들에게 미안했지만, 감사했고 행복했다. 2012년 첫 선거운동 속에서 비록 간절했던 소망은 거품이 되었지만 지금도 그때를 떠올리면 가슴이 따뜻해지는 감동을 느낀다.

한창 선거 중에 나는 퇴임식을 했다. 1979년 3월부터 2012년 2월까지 꼬박 33년 동안 교단에 몸을 붙였던 내 인생 전체와도 같았던 학교를 떠난 것이다. 첫 발령지 미산중학교에

1979년 3월부터 2012년 2월까지 꼬박 33년 동안 교단에 몸을 붙였던 내 인생 전체와도 같았던 학교를 떠났다.

서부터 마지막 학교 금산하이텍 고등학교까지 만났던 수많은 제자들은 지금 어떻게 살고 있을까? 내가 그들에게 단 한 번이라도 어려운 인생길에 힘이 되는 선생이었을까? 교사로서 마지막 학교 가는 차 안에서 자꾸만 눈시울이 더워졌다.

학년말이 되어 제자들과 헤어질 때마다

"얘들아, 너희들 나 잊지 않을 거지? 나중에 나중에 내가 퇴임할 때는 꼭 와서 축하해줘야 해."

농담처럼 말했는데, 정작 어느 제자 하나 초대하지 못했다.

시간에 맞춰 달려가 마지막으로 아이들 앞에 섰다.

"오케스트라는 다양한 악기로 구성되어 있습니다. 각 악기마다 다 다른 소리를 내며 잘 어우러질 때 아름다운 하모니가 탄생합니다. 어떤 악기가 더 중요하고 어떤 악기는 덜 중요하다고 할 수 없습니다. 그릇도 크고 작은 그릇, 나무로 만든 것, 흙으로 빚은 것 등등 참 다양합니다. 모두다 제 쓰임새가 있어요. 밥그릇이 있고 주전자가 있습니다. 가장 알맞게 쓸 때 가장 가치가 있습니다. 사람도 그렇습니다. 우리 모두는 서로 다 다르게 태어났습니다. 외모가 다 다르듯이 가진 재능도 다 다릅니다. 더 귀하고 덜 소중한 사람은 없습니다. 우리 모두는 다 다르지만 똑같이 귀합니다. 여러분 스스로 먼저 자기 자신을 사랑하십시오. 날마다 나는 귀하다고 스스로에게 인사하고 여러분이 가장 잘 할 수 있는 일, 가장 하고 싶은 일을 찾아 당당하게 살아가기를 바랍니다."

마지막으로 근무한 금산하이텍 고등학교 학생들은 학교 성적으로 줄 세울 때 가장 뒤에 있었고, 그것으로 자신이 쓸모없는 사람이라고 지레 기죽어 있는 학생이 많아서 참 안타까웠다. 마지막에 아이들에게 힘을 주고 싶었는데 전달이 잘 됐는지 자신이 없다.

그러나 당장 눈앞에 많은 일정이 기다리고 있었다. 감상에 젖어 있을 새 없이 '교육감은 최교진'을 알리기 위해 서둘러 학교를 떠났다.

"여보, 수고 참 많았어."

돌아오는 차 속에서 남편이 가만히 손을 잡아주었다.

"몰라. 당신 미워."

정말 한시가 아까운데 아내의 퇴임식에 함께 해준 남편이 고맙기도 하고 이렇게 황망하게 학교를 떠나게 하는 남편이 밉기도 했다.

선거가 끝나고 한동안 매일 늦잠을 잤다. 새벽에 일어나 달려갈 학교가 있었다는 것을 몸은 기억하지 않았다. 하루는 실컷 늦잠을 자고 일어나 밖을 내다보니 노란 가방을 둘러멘 유치원 애기들이 유치원 버스에서 내려 재잘재잘 엄마 품에 안기고 있었다. 이제 게으름 그만 부리고 뭔가 정리를 해야겠다는 생각이 들었다.

2012년 12월 19일 18대 대선이 코앞으로 다가와 있었다. 박정희의 딸이 대통령으로 당선되게 보고만 있을 수는 없었다. 교사 신분으로는 할 수 없었던 일, 민주당에 입당하고 문재인 후보를 위해 뛰었다. 전화 자원봉사를 하고, 유세차를 따라 다니면서 환호를 하고, 꼭 투표하자고 고대, 홍대에서 피켓팅을 했다. 제작한 피켓을 들고 광화문 유세장에 쫓아가기도 했다. 그러나 박정희 쿠데타 5월 16일을 상징하는 51.6퍼센트 득표율로 박근혜는 대통령이 되었고, 박근혜가 쫓겨나왔던 청와대로 다시 들어가는 꼴을 보게 되었다.

"여보, 우리 독일 원이한테 가서 있다 오자."

"그래요. 박근혜가 취임하는 것을 볼 수 없어."

독일로 갔다. 한 달여를 자유롭게 독일 곳곳을 돌아다니며 교육감 선거와 대선 패배의 아픔을 씻어내고 다시 세종시로 돌아왔다.

남편은 평생 그래온 것처럼 사람들을 만나기 시작했다. 그리고 '세종참여자치시민연대'를 만들어 세종시에서 시민운동을 시작하려고 했다. 나도 그 일에 함께 했다. 회원 관리를 하고 회계를 맡았다. '민주평화통일' 자문위원으로 위촉받았

독일로 갔다. 한 달여를 자유롭게 독일 곳곳을 돌아다니며 교육감 선거와 대선 패배의 아픔
을 씻어내기 위하여. 독일 베를리너 돔 앞에서

고 몇 개 친목회에 가입도 하고 그러면서 점점 세종시에서
살고 있는 사람들이 새롭게 눈에 들어왔다. 학교 밖의 사람
들을 새롭게 접하면서 세상을 보는 눈이 넓어졌다. 학교 밖
세상에는 참 다양한 사람들이 여러 가지 모양으로 열심히 살
고 있었다. 내 상식과 내 처지에서 그 누구도 쉽게 재단해서
는 안 된다고 깨닫게 되었다.

두 번째 선거

그러던 중 세종시 초대 교육감께서 돌아가셨다는 소식을 들었다. 임기 1년이 채 남아 있지 않았다. 우리 부부는 다음 선거에 출마하지 않을 생각이었는데, 원점으로 돌아간 느낌이었고 다시 출마를 하게 되었다.

첫 번째 선거와는 다르게 모두 지역에서 캠프를 꾸리고 선거 운동에 나섰다.

"우리를 언제 봤다고 저렇게 열심히 운동을 할까?"

"정말 감사한 일이지. 선거 이거 참 할 게 못되는 거 같아. 빚이 너무 많은데 빚을 갚을 길이 없잖아."

"당선이 되어 열심히 일하는 게 갚는 거지."

그러나 두 번째 선거에서도 우리는 승리를 장담할 수 없었다. 아니, 열세임이 느껴졌다.

"이번에도 2등인가? 선거에서 2등은 없는데……."

사무실에 잠깐 들어와 있는데 세월호 속보가 떴다. 그때까지만 해도 이 일이 얼마나 큰일인지 잘 깨닫지 못했다. 전원 구조되었다는 소식이 바로 전해졌기 때문이다. 그러나 전 국민이 보고 있는 가운데 304명이나 되는 귀한 생명이 세월호와 함께 수장되었다. 충격이 너무 커서 선거운동이고 뭐고 손을 놓고 앉아 있었다. 선거 사무실 후보자 방에 빈소를 마련하고 매일 아침 묵념을 하며 시작했다. 전국적으로 선거운동을 자제하고 있었는데, 조치원에서 다른 후보의 언행이 구설수에 올랐고 그 후보는 비난을 이겨내지 못했다. 분위기가 바뀌었고 남편이 2대 교육감에 당선되었다.

두 번째 선거 운동 때 아침 인사

광화문에서 1인 시위

처음 세월호 리본을 옷깃에 달기 시작한 후로 지금까지 남편은 늘 달고 다닌다. 세월호 리본에 대해 시비를 거는 사람들이 간혹 있는데 아주 단호하다. 남편은 매일 아침 세월호 리본을 달면서 다짐하고 또 다짐한다. 우리 아이들이 어른들 때문에 억울하게 희생되는 일이 없도록 교육감으로서 있는 힘을 다하겠노라고. 아이들이 생각하는 힘을 기르게 해서 스스로 판단할 수 있도록 하겠노라고. 지금 행복하지 않은 아이는 나중에도 행복할 수 없으니 지금 행복한 아이들로 자랄 수 있게 하겠노라고.

많이 바쁠 때에도 남편은 종종 안산 분향소를 찾고 기억저장소를 찾고 팽목항을 찾았다. 어느 부모 못지않게 남편의 가슴속에도 세월호로 인한 상처가 크고 깊게 자리 잡고 있다.

2대 세종시 교육감에 당선된 남편의 당선 축하 키스

사랑하는 사람아
198

교육감의 아내

    난 아무것도 달라진 것이 없는데 교육감의 아내라는 새 이름이 생겼다. 내 이름 김영숙은 뒤로 밀리고 늘 '최교진 아내입니다.'라고 내 소개를 한다. 갈 곳도 많아졌다. 선거운동할 때 불러주면 그렇게 고마울 수가 없었다. 그 고마운 마음을 가지고 나를 부르는 곳은 꼭 가려고 노력한다. 엄청 바빠진 교육감을 대신해 만나야 하는 분들도 있다. 칭찬은 칭찬대로 충고는 충고대로 감사하게 받는다. 날이 갈수록 만나는 사람들이 많아지고, 만난 지 오래되지 않았지만 언니, 동생이 생겨났다. 저마다 삶터에서 열심히 자기 빛깔을 내며 사는 이들을 통해 많은 것을 배우며 행복하다.

    "선생님, 거문고 배우지 않을래요?"

거문고 배우기 시작한 지 3년이 채 안되어 거문고 도반들과 공연을 했다.

사랑하는 사람아

"거문고? 어디서 배우는데요?"

"동아리를 만들어 활동하면 시청에서 강사료를 지원해 준대요. 여섯 명이 모여야 하는데 선생님도 같이 하세요."

퇴직 후에 악기 하나는 배워야겠다고 생각하고 있었는데 거문고 배우자고 제안이 왔다. 할 수 있을지 한번 나갔다가 거문고를 배우게 되었다. 60년 세월을 열심히 잘 살아온 내 자신에게 거문고를 선물했다. '거문고 10년 프로젝트' 나 자신과 약속도 했다. 10년 후 거문고 연주를 이웃에 들려줄 거다. 생각보다 거문고 연주를 하는 날이 일찍 다가왔다. 배우기 시작한 지 3년이 채 안되어 거문고 도반들과 공연을 했다. 바쁘다는 핑계로 연습을 제대로 하지 않아 거문고 소리를 제대로 내지도 못하는데 유치원 재롱 잔치하는 셈으로 부끄러움을 무릅쓰고 이웃을 초대했다. 좀 더 열심히 연습하여 꼭 10년째 되는 해에는 조금 덜 부끄러운 연주를 하기로 다시 다짐해본다.

당신 싸움의 절반은 내 것입니다

첫 번째 학교에서 쫓겨나 반독재운동에 나서기로 마음을 굳히고 남편이 대전으로 떠날 때 우리 부부는 약속을 했다.

"여보, 아이들도 키워야 하는데 우리 둘 다 나서면 집안이 힘들어지겠지요? 우리 역할을 나눠요. 집안은 내가 책임질게요. 아이들도 반듯하게 잘 키우고 어머니도 잘 모실게요. 당신은 어차피 하는 거 민주화운동에 있는 힘을 다하세요. 그 대신 당신이 투쟁한 것 중에 절반은 내 거예요."

그 후로 이 약속은 지금까지 유효하다. 남편은 집안일에 쓸데없이 걱정하거나 간섭하지 않았다. 어쭙잖은 가장 노릇을 하려고도 하지 않았다.

나도, 그가 가려고 하는 길을 막지 않았다. 그가 가려고 하는 길은 너무도 힘들지만 그가 짊어져야 하는 십자가라면 흔쾌히 짊어지라고 했다.

가도 가도 끝이 없는 독재의 시국. 그는 해마다 구속의 결단이 필요했다. 그가 어려운 문제에 부딪쳐 깊은 고민에 빠지면,

"예수님! 예수님은 지금 이 상황에서 어떻게 하실래요? 예수님! 우리가 하려고 하는 일을 예수님도 같이 해주실 거죠?"

예수님께 물으며 답을 찾으려 했다. 그가 어떤 결심을 해도 앞을 어지럽히지 않았다. 목이 메지만 견뎌야 했다.

대전에서 남편이 통일 운동을 하느라 통일 사랑방을 한 달에 한 번씩 열었던 때가 있다. 그 실무를 여자 후배가 맡았다. 그녀는 참 능력 있고 성실해서 많은 이들로부터 인정받았다. 그런데, 어느 날 어떤 자리에선가 내가

"내 남편이 한 일 중 절반은 내 거야."

라고 이야기하자 정색을 하며,

"아니죠. 엄밀히 말하면 말이 안 되죠."

되받아쳤다.

여성주의에 의하면 그게 말이 안 되는 걸까? 내가 남편이 어렵게 살아온 길에 무임승차하는 것이 우스웠을까?

나는 그녀가 자신의 역량을 맘껏 발휘하며 사회에 큰일을 하고 있는 것을 높이 평가한다. 그러나 그녀가 우리 부부의 삶을 '엄밀히' 평가하는 부분은 생각이 다르다.

사랑하는 사람아

 이름만 떠올려도 전율이 오던 스승과 벗들이 내 가까이 있다는 건 얼마나 행복한 일인가. 그래서 최교진이 나에게 고마워할 때마다 나는 거꾸로 그에게 감사하게 된다.

 그가 살아온 길은 몹시 험난했지만 아주 좋은 인연을 많이 만났고 지금도 그들로부터 과분한 사랑을 받고 있다. 세상을 떠나 구천에서 굽어보는 스승도 있고 동반자로서 함께 살아가는 동지도 있다.

 '글과 그림'은 '이오덕 선생님을 따르던 사람들'의 모임이다. 이상석, 조용명, 김환영, 황금성, 탁동철 등 열댓 명이 13년째 한 달에 한 번씩 모인다. 이제 초로의 길을 걷는 이들도 만날 때마다 '우리 생애의 가장 행복한 순간'이 된다.

효림 스님 '붓글씨 나눔' 잔치에서

회원들이 발간한 책의 출간을 축하하고 그림을 이야기하고 밤새도록 토론도 하고 기타를 치고 노래도 한다. 나는 정식 회원은 아니지만 사실상 회원처럼 1박 모임에 당연히 참석 한다.

청년시절부터 존경하던 이오덕 선생님, 먼발치에서나마 바 라나 보고 싶었던 권정생 선생님, 교육운동의 선배 윤영규, 정해숙 선생님, 그림자만 보아도 가슴이 설레던 문익환 목사 님, 청년시절부터의 친구 김진경, 김민곤, 조영옥, 신연식, 황호영, 송대헌, 도종환 등이 후광처럼 지켜주고 아껴주었다. 그의 오랜 벗 도종환 시인이 남편에게 보내준 글로 마무리한다.

　그는 격류였고 나는 그냥 굽이 많은 물줄기였다. 최 선생이 나보다 먼저 민주화운동을 시작했고, 나보다 더 많이 유치장을 들락거렸으며, 나는 한 번 해직되었지만, 그는 세 번 해직되었다. 그는 불굴이었다. 나는 들판의 풀처럼 여리지만 그는 굴참나무처럼 우뚝하였다. 내가 빈 벌판처럼 쓸쓸해 할 때도 그는 산맥처럼 거침이 없었다. 내가 물처럼 흐르면 그는 불처럼 뜨거웠고, 내가 흙 같을 때 그는 쇠처럼 단단했다. 그는 폭이 넓고 품이 큰 사람이다. 친화력이 좋고 따르는 사람이 많으며 주위에는 늘 사람이 모인다. 수많은 좌절과 시련과 실패가 있었지만 그것들은 그의 낙관주의를 무너뜨리지 못했다. 함께 계획하고 실천하고 책임지는 일에 주저함이 없고 비겁함이 없는 사람이다.

'볼 때마다 좋은 사람' 상을 받고 효림 스님과 함께한 우리 부부

김영숙 선생님 책 출간에 부쳐

초등학교 시절, 나는 수업시간에 화장실을 다녀오다가 교장 선생님이 우리가 아무렇게나 벗어놓은 신발을 혼자서 신발장에 가지런하게 정리하고 계신 것을 보았습니다. 이 아름다운 모습이 지금까지도 좋은 기억으로 남아 있는 것을 보면 어린 나이에도 상당한 감동이었든 모양입니다.

훌륭한 교사는 사람들에게 깊은 울림의 감동을 줍니다. 어려서 선생님에게 받은 감동은 일생동안 남습니다. 이 감동은 인생을 살아가면서 어려운 고비 때마다 힘이 되고 삶의 지침이 됩니다. 교사는 그만큼 중요합니다. 교육자가 다 위대한 성자는 아니지만, "위대한 성자는 모두 훌륭한 교육자입니다."

여기 험난한 시대를 살아온 선생님의 감동을 주는 아름다운 이야기가 있습니다.

김영숙 선생님은 제주도 출신으로 교사가 되기 위해 공주사범대학에 입학하고 1학년 때에 4학년 선배인 최교진 선생을 만납니다. 두 사람의 아름다운 사랑이야기는 여기서 시작되지만 우리의 현대사가 그러하듯이 그때는 70년대 유신독재의 시대라 매우 엄혹했습니다.

최교진 선생은 학생으로 유신에 저항하기 시작하여 80년대 90년대를 거쳐 2000년까지 수많은 역경과 고난을 겪었습니다. 험난한 민주화 과정의 역사를 온몸으로 살아낸 것입니다. 최교진 선생은 그 험난한 삶속에서 아내 김영숙을 고생시킨 것에 대한 미안함을 사랑으로 승화시켜 간직하고 있고, 아내 김영숙은 남편 최교진의 수없는 구속과 감옥 생활, 그리고 수차례의 해직교사 시절을 함께 겪으며, 아내로서 고생을 나누었습니다. 그리고 그 어려움 속에서 아이들을 훌륭하게 키웠습니다. 이 두 사람의 삶은, 삶 자체가 우리에게 훌륭한 교사이며 교훈입니다.

그런 의미에서 지난 2017년에 '붓글씨 나눔잔치'에서 실시하는 '볼 때마다 좋은 사람'으로 김영숙 선생님을 추대한 것은 우리의 영광이며, 이 두 분은 우리 세종시의 자랑입니다. 아니 우리 대한민국이 이만한 교육자를 두고 있다는 것은 내놓고 자랑할 만한 큰 영광입니다.

다시 한번 밝히자면 이 책은 '볼 때마다 좋은 사람'으로 추대된 분을 위하여 '시와에세이'와 함께 기획한 것입니다. 매우 의미가 있고, 유익한 기획이며 다시 한번 이런 좋은 책을 만들게 되어 큰 영광으로 생각합니다. 기꺼이 우리의 기획에 응해 주신 두 분 김영숙 선생님, 최교진 선생님께 감사드립니다. 그리고 이 책을 빛내주기 위해 약평을 써주신 『사랑으로 매긴 성적표』 저자 이상석 선생님, 그리고 소설가 강병철 선생님께도 이 자리를 빌어 감사드립니다. 이 기획을 총괄하며 책임 편집을 맡아주신 '시와에세이' 대표 양문규 시인님께도 거듭 감사의 인사를 드립니다.

붓글씨 나눔잔치 임효림 손모음

사랑하는 사람아

2018년 3월 2일 초판 1쇄 펴냄

지은이 _ 김영숙
펴낸이 _ 양문규
펴낸곳 _ 詩와에세이

신고번호 _ 제2017-000025호
주   소 _ (30018) 세종특별자치시 조치원읍 돌마루5길 2, 104호
대표전화 _ (044)863-7652, 070-8877-7653
팩시밀리 _ 0505-116-7653
휴대전화 _ 010-5355-7565
전자우편 _ sie2005@naver.com
공 급 처 _ 한국출판협동조합
주문전화 _ (02)716-5616
팩시밀리 _ (031)944-8234~6

ⓒ 김영숙, 2018
ISBN 979-11-86111-45-1 (03810)

이 도서의 국립중앙도서관 출판예정도서목록(CIP)은 서지정보유통지원시스템 홈페이
지(http://seoji.nl.go.kr)와 국가자료공동목록시스템(http://www.nl.go.kr/kolisnet)에서
이용하실 수 있습니다.(CIP제어번호: CIP2018004889)